博雅文叢

沈從文散文選

沈從文 著

出版説明

「博雅教育」，英文稱為General Education，又譯作「通識教育」。

甚麼是「通識教育」呢？依「維基百科」的「通識教育」條目所說：「其一是通才教育；其二是指全人格教育。通識教育作為近代開始普及的一門學科，其概念可上溯至先秦時代的六藝教育思想，在西方則可追溯到古希臘時期的博雅教育意念。」歐美國家的大學早就開設此門學科。

在兩岸三地，「通識教育」則是一門較新的學科，涉及的又是跨學科的知識。概而言之，乃是有關人文、社科，甚至理工科、新媒體、人工智能等未來科學的多方面的古今中外的舊常識、新知識的普及化介紹，等等。因而，學界歷來對其「定義」抱有各種歧見。依台灣學者江宜樺教授在「通識教育系列座談（一）會議記錄」（二零零三年二月）所指陳，暫時可歸納為以下幾種：

一、通識就是如（美國）哥倫比亞大學、哈佛大學所認定的Liberal Arts。

二、如芝加哥大學認為：通識應該全部讀經典。

三、要求學生不只接觸 Liberal Arts，也要人文社會科學學生接觸一些理工、自然科學學科；理工、自然科學學生接觸一些人文社會學，這是目前最普遍的作法。

四、認為通識教育是全人教育、終身學習。

五、傾向生活性、實用性、娛樂性課程。好比寶石鑑定、插花、茶道。

六、以講座方式進行通識課程。（從略）

近十年來，香港的大專院校開設「通識教育」學科，列為大學教育體系中必要的一環，因應於此，香港的高中教育課程已納入「通識教育」。自二零一二年開始的第一屆香港中學文憑考試，通識教育科被列入四大必修科目之一，考生入讀大學必須至少考取最低門檻的「第二級」的成績。在可預見的將來，在高中教育課程中，通識教育的份量將會越來越重。

在互聯網技術蓬勃發展的大數據時代，搜索功能的巨大擴展使得手機、網絡閱讀、搜索成為最常使用的獲取知識的手段，但網上資訊氾濫，良莠不分，所提供的內容知識未經嚴格編審，有許多望文生義、張冠李戴及不嚴謹的錯誤資料，謬種流傳，誤人子弟，造成一種偽知識的「快餐式」文化。這種情況令人擔心。面對着人工智能技術的迅猛發展所導致的對傳統優秀文化內容傳教之退化，如何能繼續將中國文化的人文精神薪火傳承？培育讀書習慣不啻是最好的一種文化訓練。

有感於此，我們認為應該及時為香港教育的這一未來發展趨勢做一套有益於中、大學生的「通識教育」叢書，針對學生或自學者知識過於狹窄、為應試而學習的不良傾向去編選一套「博雅文叢」。錢穆先生曾主張：要讀經典。他在一次演講中還指出：「此時的讀書，是各人自願的，不必硬求記得，也不為應考試，亦不是為着做學問專家或是寫博士論文，這是極輕鬆自由的，正如孔子所言：『默而識之』便得。」我們希望這套叢書能藉此向香港的莘莘學子們提倡深度閱讀，擴大文史知識，博學強聞，以春風化雨、潤物無聲的形式為求學青年培育人文知識的養份。

本編委會從上述六個有關通識教育的範疇中，以第一條作為選擇的方向，以第二條的芝加哥大學認定的「通識應該全部讀經典」作為本文叢的推廣形式，換言之，就是為初中、高中及大專院校的學生而選取的，讀者層面也兼顧自學青年及想繼續進修的社會人士，向他們推薦人文學科的經典之作，以便高中生未雨綢繆，入讀大學後可順利與通識教育科目接軌。

這套文叢將邀請在香港教學第一線的老師、相關專家及學者，組成編輯委員會，分類包括中外古今的文學、藝術等人文學科，而且邀請了一批受過學術訓練的中、大學老師為每本書撰寫「導讀」及做一些補註。雖作為學生的課餘閱讀之作，但期冀能以此薰陶、培育、提高學生的人文素養，全面發展，同時，也可作為成年人終身學習、補充新舊知識的有益讀物。

本叢書多是一代大家的經典著作，在還屬於手抄的著述年代裏，每個字都是經過作者精琢細磨之後所揀選的。為尊重作者寫作習慣和遣詞風格、尊重語言文字自身發展流變的規律，給讀者們提供一種可靠的版本，本叢書對於已經經典化的作品不進行現代漢語的規範化處理，提請讀者特別注意。

「博雅文叢」編輯委員會

二零一九年四月修訂

目錄

出版說明　「博雅文叢」編輯委員會……3
導讀　小說以外的沈從文　宋寶欣……9
湘行書簡
水手們——三三專利讀物……16
夜泊鴨窠圍……21
灘上掙扎……26
橫石和九溪……34
歷史是一條河……43

湘行散記

鴨窠圍的夜 …… 48
一個多情水手與一個多情婦人 …… 59
箱子岩 …… 74
老伴 …… 83

雜文

我讀一本小書同時又讀一本大書 …… 96
我的寫作與水的關係 …… 113
情緒的體操 …… 118
談英雄崇拜 …… 123

導讀

小說以外的沈從文

沈從文素有「中國鄉土文學之父」之譽，文字樸實簡煉，自然而富詩意，寥寥數筆即在讀者眼前鋪展出一片清麗的風土、敦厚的人情。「博雅文叢」系列曾選收其代表作《邊城》，讓讀者有機會一覽榮獲「二十世紀中文小說一百強」第二名的作品；本書現再下一城，精選沈從文的散文名篇，分「湘行書簡」、「湘行散記」及「雜文」三類，涵蓋書信、遊記、議論等不同文體，冀向各位介紹沈從文筆致的不同面貌。

第一輯選自沈從文給太太張兆和（一九一零——二零零三）的書信集《湘行書簡》。他們於一九三三年成婚，次年沈從文母親病危，離鄉十多年的他遂回到湘西，途中寫下大量給張兆和的書信，既敍沿路所見所感，兼抒思念之情，行文滿是夫妻間的情深意篤，例如〈灘上掙扎〉：

我還知道你不願意我上岸時太不好看，還知道你願意我到家時顯得年輕點，我的刮臉刀總擺在箱子裏最當眼處。一萬個放心……若成天只想着我，讓兩個小妮子得到許多取笑你的機會，這可不成的。

我今天已經寫了一整天了，我還想寫下去。這樣一大堆信寄到你身邊時，你怎麼辦。你事忙，看信的時間恐怕也不多，我明天的信也許得先寫點提要……

這般句句「癡話」的沈從文，在其小說創作中實在罕見，可謂專屬於「三三」（張兆和別名）。

這些書簡除記錄了夫妻情意，亦有沈從文對自然、生活、文化等各方面的哲理思考，譬如〈歷史是一條河〉：

一本歷史書除了告我們些另一時代最笨的人相斫相殺以外有些甚麼？但真的歷史卻是一條河。從那日夜長流千古不變的水裏，石頭和砂子，腐了的草木，破爛的船板，使我觸着平時我們所疏忽了若干年代若干人類的哀樂！我看到小小漁船，載了它的黑色鸕鷀向下流緩緩划去，看到石灘上拉船人的姿勢，我皆異常感動且異常愛他們。

這些都是他當下觸景而生的情、意、理，是他最直接最原初的感動，異於經過構思整合的小說，讀來別有一番趣味。

第二輯選自《湘行散記》，乃以《湘行書簡》為基礎整理成結構完整的散文。那是讀者熟悉的沈從文，不虛飾、不矯情，只是以深邃和誠摯的眼光凝視湘西，凝視故鄉的人文風俗。那並非旁觀的凝視，而是全心全意的，是縱身其中的，才能洞悉所謂鄉下人的粗野背後的堅韌純真，才有〈一個多情水手與一個多情婦人〉共情共感的寒風癡立：

我呢，在沉默中體會到一點「人生」的苦味。我不能給那個小婦人甚麼，也再不作給那水手一點點錢的打算了，我覺得他們的慾望同悲哀都十分神聖，我不配用錢或別的方法滲進他們命運裏去，擾亂他們生活上那一份應有的哀樂。

下船時，在河邊我聽到一個人唱《十想郎》小曲，曲調卑陋，聲音卻清圓悅耳。我知道那是由誰口中唱出且為誰唱的。我站在河邊寒風中癡了許久。

才能描摹出〈鴨窠圍的夜〉中那份全然的寂靜、看透寂靜背後那逝者如斯的光陰：

一切光，一切聲音，到這時節已為黑夜所撫慰而安靜了，只有水面上那一份紅光與那一派聲音。那種聲音與光明，正為着水中的魚和水面的漁人生存的搏戰，已在這河面上存在了若干年，且將在接連而來的每個夜晚依然繼續存在。我弄明白了，回到艙中以後，依然默聽着那個單調的聲音。我所看到的彷彿是一種原始人與自然戰爭的情景。那聲音，那火光，都近於原始人類的戰爭，把我帶回到四五千年那個「過去」時間裏去。

那是在「天地與我並生，萬物與我為一」的境界下才有的體悟，而這正是沈從文的文字的動人處。

最後，第三輯「雜文」分別選收了具自傳色彩的〈我讀一本小書同時又讀一本大書〉和〈我的寫作與水的關係〉，文中既自述成長環境與行文風格的關係，兼敍童年各種趣事。譬如沈從文曾是逃學慣犯，逃學後受罰與逃學時所見風光，皆被他寫得鮮活而深邃，處處透出詩的晶瑩、哲思的亮光：

> 蝙蝠的聲音，一隻黃牛當屠戶把刀剸進它喉中時歎息的聲音，藏在田塍土穴中大黃喉蛇的鳴聲，黑暗中魚在水面潑剌的微聲，全因到耳邊時分量不同，我也記得那麼清清楚楚。因此回到家裏時，夜間我便做出無數稀奇古怪的夢。這些夢直到將近二十年後的如今，還常常使我在半夜裏無法安眠，既把我帶回到那個「過去」的空虛裏去，也把我帶往空幻的宇宙裏去。
>
> 在我面前的世界已夠寬廣了，但我似乎就還得一個更寬廣的世界。我得用這方面弄到的知識證明那方面的疑問。我得從比較中知道誰好誰壞。我得看許多業已由於好詢問別人，以及好自己幻想，所感覺到的世界上的新鮮事情，新鮮東西。結果能逃學我逃學，不能逃學我就只好做夢。

此外，本輯還有探討文學創作的〈情緒的體操〉，批判「戰國策派」的〈論英雄崇拜〉，議論色彩較重，層次井井有條，充份展現作者理性、邏輯思辨的能力，乃不為人熟知的沈從文，故特別收錄於此，以饗讀者。

為方便各位閱讀，本書與《邊城》一樣，會為部份僻語、地方話提供簡明註釋，冀望各位跟隨沈從文的腳步，漫遊於他的湘西大地，領略其對富有地方色彩的世態人情的精彩描繪。

宋寶欣

二零一九年八月

湘行書簡

水手們——三三專利讀物

天氣真冷。昨晚船歇到曾家河，睡得不好，醒了許多次，全是冷醒的。醒了以後就有許久不能再睡去，常常擦自來火看小錶的時間。皮袍子全搭到上面還不濟事，我悔當時不肯帶褥子來。

睡不着時我就心想：若落點雪多好。照南方規矩，天太冷了必落雪，一落了雪天就暖和了。天亮時船篷沙沙的響，有人說「落了雪」，我忘了天氣，只描摹那雪景。到後天已大亮時，看看雪已落了很多。氣候既不轉好，各個船又不能開動，你想，半路上停頓下來多急人。這樣蹲下去兩頭無着，我是受不了的。我的船既是包定的，我的日子又有限度，不開船可不行！故我為他們稱幾斤魚，這幾斤魚把船弄活動了，這時節的船，已離開原泊地方二十多里了。天氣還是極冷，船仍然在用篙槳前進，兩岸全是白色，河水清明如玉。一切都好得很！我要你！倘若兩個人在這小船上，就一切全不怕了。想到南方天氣已那麼冷，北方還不知凍到甚麼樣子。我恐怕你寂寞得很，又怕你被人麻煩，被事麻煩，我因此事也做不下去。

這船今天能歇到甚麼地方，我不明白，船上人也不明白。這時已十二點鐘，兩岸有雞叫，有狗叫，有人吵罵聲音，我算算你們應在桌邊吃午飯了。我估計你們也正想到我。我心裏很煩亂……

今天太冷，我的畫也不能着手了。我只坐在被蓋裏，把紙本子擱在膝上寫信，但一面寫字一面就不快樂。我忙着到家，也忙着回轉北京，但是天知道，這小船走得卻如何慢！天氣既那麼冷，還得使三個划船人在水裏風裏把船弄上去，心中又不安。使他們高興倒容易，晚上各人多吃半斤肉，這船就可以在水面上飛。可是我自己，卻應當怎麼辦？三三，我自己真不知道如何辦。做了點文章，又做不下去。校改了自己的書一遍，又覺得書也寫得平平常常，不足注意。看看四丫頭的相同你的相，就想起為四丫頭改的文章，還無完成的希望，不知遠處有個候補作家，正在如何怨我。照照鏡子，鏡中的我可瘦得怕人。當真的，人這樣瘦，見了家中人又怎麼辦？我實在希望我回到家中時較肥一點，但天氣那麼壞，船那麼慢，你隔得我又那麼遠，我有甚麼辦法可以胖些？這麼走路上可能要廿多天！

我心裏有點着急。但是莫因我的着急便難過。在船上的一個，是應當受點罪，請把好處留給我回來，把眼淚與一切埋怨皆留到我回來再給我，現在還是好好的做事，好好的過日子吧。

我想我的信一定到得不大有秩序，我還擔心有些信你收不到。因為在平漢車上發的六七封信，差不多全是交托車站上巡警發的，那些巡警即或不至於把信失掉，也許一擱在袋子裏就是兩天，保不定長沙的信到時，河南的信反而不到！

我又聽到搖櫓人歌聲了，好聽得很。但越好聽也就越覺得船上沒有你真無意思……

三三，我今天離開你一個禮拜了。日子在旅行人看來真不快，因為這一禮拜來，我不為車子所苦，不為寒冷所苦，不為飲食馬虎所苦，可是想你可太苦了。路上的魚很好，大而活鮮鮮的魚，一毛二分錢一斤，用白水煮熟實在好吃得很。這河裏原本出好魚，最好的是青魚，鮮得如海味，你不吃過也就想不到那個好處。

船停了，真靜。一切聲音皆像冷得凝固了。只有船底的水聲，輕輕的輕輕的流過去。這聲音使人感覺到它，幾乎不是耳朵，卻只是想像。但當真卻有聲音。水手在烤火，在默默的烤火。

說到水手，真有話說了。三個水手有兩個每說一句話中必有個野話字眼兒在前面或後面，我一天來已跟他們學會三十句野話。我們說野話同使用符號一樣，前後皆很講究。倘若不用，那麼所說正文也就模糊不清了。我很稀奇，不明白他們從甚麼方面學來這種野話。

船又開了，為了開船，這船上舵手同水手談論天氣，我試計算計算，十九句話中就說了十七個壞字眼兒。彷彿一世的怨憤，皆得從這些野話上發洩，方不至於生病似的。說到他們的怨憤，我又想起這些人的生活來了。我這次坐這小船。說定了十五塊錢到地。吃白飯則一千文一天，合一角四分。大約七天方可到地，船上共用三人，除掉舵手給另一岸上船主租錢五元外，其餘輪派到水手的，至多不過兩塊錢。即作為兩塊錢，則每天僅兩毛多一點點。像這樣大雪天氣，兩毛錢就得要人家從天亮拉起一直到天黑，遇應當下水時便即刻下水，你想，多不公平的事！但這樣船夫在這條河裏至少就有卅萬，全是在能夠用力時把力氣賣給人，到老了就死掉的。他們的希望只是多吃一碗飯，多吃一片肉，攏岸時得了錢，就拿去花到吊腳樓上女人身上去，一回兩回，錢完事了，船又應當下行了。天氣雖有冷熱，這些人生活卻永遠是一樣的。他們也不高興，為了船擱淺，為了太冷太熱，為了租船人太苛刻。他們也常大笑大樂，為了順風扯篷，為了吃酒吃肉，為了說點粗糙的關於女人的故事。他們也是個人，但與我們都市上的所謂「人」卻相離多遠！一看到這些人說話，一同到這些人接近，就使我想起一件事，我想好好的來寫他們一次。我相信若我動手來寫，一定寫得很好。但是我總還嫌力量不及，因為本來這些人就太大了。三三，這些船夫你若見到時，一定也會發生興味的。船夫分許多種，最活潑有趣勇敢耐勞的為麻陽籍水手，不多數皆會唱會鬧，做事一股勁兒，帶點憨氣，且野得很可愛。麻陽人划船成為專業，一條辰河至少就應當有廿萬麻陽船夫。這些人的好處簡直不是一個人用口說得盡的，你若來，你只需用眼睛一看就相信我的話了。我過一陣下行，就想搭麻陽船。

三三，你若坐了一次這樣小船，文章也一定可以寫得好多了。因為船上你就可以學許多，水上你也可以學許多，兩岸你還可以學許多！

我回來時當為你照些水手相來，還為你照個住吊腳樓的青年鄉下妓女相來（只怕片子太少，到了城中就完事了）。這些人都可愛得很。你一定歡喜他們。

我頸脖也寫木了，位置不對，我歇歇，晚上在蠟燭下再告你些。

二哥
十四下午一點

夜泊鴨窠圍

十六日下午六點五十分

我小船停了，停到鴨窠圍。中時候寫信提到的「小阜平岡」應當名為「洞庭溪」。鴨窠圍是個深潭，兩山翠色逼人，恰如我寫到翠翠的家鄉。吊腳樓尤其使人驚訝，高矗兩岸，真是奇蹟，兩山深翠，惟吊腳樓屋瓦為白色，河中長潭則灣泊木筏廿來個，顏色淺黃。地方有小羊叫，有婦女銳聲喊「二老」、「小牛子」，且聽到遠處有鞭炮聲與小鑼聲，到這樣地方，使人太感動了。四丫頭若見到一次，一生也忘不了。你若見到一次，你飯也不想吃了。

我這時已吃過了晚飯，點了兩支蠟燭給你寫報告。我吃了太多的魚肉。還不停泊時，我們買魚，九角錢買了一尾重六斤十兩的魚，還是頂小的！樣子同飛艇一樣，煮了四分之一，我又吃四分之一的四分之一，已吃得飽飽的了。我生平還不曾吃過那麼新鮮那麼嫩的魚，我並且第一次把魚吃個飽。味道比鮒魚還美，比豆腐還嫩，古怪的東西！我似乎吃得太多了點，還不知道怎麼辦。

可惜天氣太冷了，船停泊時我總無法上岸去看看。我歡喜那些在半天上的樓房。

這裏木料不值錢，水漲落時距離又太大，故樓房無不離岸卅丈以上，從河邊望上，使人神往之至。我還聽到了唱小曲聲音，我估計得出，那些聲音同燈光所在處，不是木筏上的簰頭在取樂，就是有副爺們船主在喝酒。婦人手上必定還戴得有鍍金戒子。多動人的畫圖！提到這些時我是很憂鬱的，因為我認識他們的哀樂，看他們也依然在那裏把每個日子打發下去，我不知道怎麼樣總有點憂鬱。正同讀一篇描寫西伯利亞方面農人的作品一樣，看到那些文章，使人引起無言的哀戚。我如今不止看到這些人生活的表面，還用過去一分經驗接觸這種人的靈魂。真是可哀的事！我想我寫到這些人生活的作品，還應當更多一些！我這次旅行，所得的很不少。從這次旅行上，我一定還可以寫出很多動人的文章！

三三，木筏上火光真不可不看。這裏河面已不很寬，加之兩面山岸很高（比勞山高得遠），夜又靜了，說話皆可聽到。羊還在叫。我不知怎麼的，心這時特別柔和。我悲傷得很。遠處狗又在叫了，且有人說，「再來，過了年再來！」一定是在送客，一定是那些吊腳樓人家送水手下河。

風大得很，我手腳皆冷透了，我的心卻很暖和。但我不明白甚麼原因，心裏總柔軟得很。我要傍近你，方不至於難過。我彷彿還是十多年前的我，孤孤單單，一身以外別無長物，搭坐一隻裝載軍服的船隻上行，對於自己前途毫無把握，我希望的只是一個四元一月的錄事職務，但別人不讓我有這種機會。我想看點書，身邊無一本書。想上岸，又無一個錢。到了岸必須上岸去玩玩時，就只好穿了別人的軍服，空手上岸去，看看街上一切，欣賞一下那些小街上的片糖，以及一個銅元一大堆的花生。燈光下坐着扯得眉毛極細的婦人。回船時，就糊糊塗塗在岸邊爛泥裏亂走，且沿了別人的船邊「陽橋」渡過自己船上去，兩腳全是泥，剛一落艙還不及脱鞋，就被船主大喊：「夥計副爺們，脱鞋呀。」到了船上後，無事可做，夜又太長，水手們愛玩牌的，皆蹲坐在艙板上小油燈下玩牌，便也鑲攏[1]去看他們。這就是我，這就是我！三三，一個人一生最美麗的日子，十五歲到廿歲，便恰好全是在那麼情形中過去了，你想想看，是怎麼活下來的！萬想不到的是，今天我又居然到這條河裏，這樣小船上，來回想溫習一切的過去！更想不到的是，我今天卻在這樣小船上，想着遠遠的一個溫和美麗的臉兒，且這個黑臉的人兒，在另一處又如何懸念着我！我的命運真太可玩味了。

我問過了划船的，若順風，明天我們可以到辰州了。我希望順風。船若到得早，我就當晚在辰州把應做的事做完，後天就可以再坐船上行。我還得到辰州問問，是不是雲六[2]已下了辰。若他在辰州，我上行也方便多了。

現在已八點半了，各處還可聽到人說話，這河中好像熱鬧得很，我還聽到遠遠的有鼓聲，也許是人還願。風很猛，船中也冰冷的。但一個人心中倘若有個愛人，心中暖得很，全身就凍得結冰也不礙事的！這風吹得厲害，明天恐要大雪。羊還在叫，我覺得稀奇，好好的一聽，原來對河也有一隻羊叫着，牠們是相互應和叫着的。我還聽到唱曲子的聲音，一個年紀極輕的女子喉嚨，使我感動得很。我極力想去聽明白那個曲子，卻始終聽不明白。我懂許多曲子。想起這些人的哀樂，我有點憂鬱。因這曲子我還記起了我獨自到錦州，住在一個旅館中的情形。在那旅館中我聽到一個女人唱大鼓書，給趕騾車的客人過夜，唱了半夜。我一個人便躺在一個大炕上聽窗外唱曲子的聲音，同別人笑語聲。這也是二哥！那時節你大概在暨南[3]讀書，每天早上還得起床來做晨操！命運真使人惘然。愛我，因為只有你使我能夠快樂！

二哥

十六下八點五十

我想睡了。希望你也睡得好。

註釋

1 鑲攏：聚集。

2 雲六：即作者的大哥沈雲六。

3 暨南：指暨南大學女子部（中學），在南京。

灘上掙扎

我不說除了掉筆以外還掉了一支……嗎？我知道你算得出那是一支牙骨筷子的。我真不快樂，因為這東西總不能單獨一支到北平的。我很抱歉。可是，你放心，我早就疑心這筷子即或有機會掉到河中去，它若有小小知覺，就一定不願意獨自落水。事不出我所料，在艙底下我又發現它了。

今天我小船上的灘可特別多，河中幸好有風，但每到一個灘上，總仍然很費事。我伏臥在前艙口看他們下篙，聽他們罵野話。現在已十二點四十分，從八點開始只走了卅多里，還欠七十里，這七十里中還有兩個大灘、一個長灘，看情形又不會到地的。這條河水坐船真折磨人，最好用它來作性急人犯罪以後的處罰。我希望這五點鐘內可以到白溶下面泊船，那麼明天上午就可到辰州了。這時船又在上一個灘，船身全是側的，浪頭大有從前艙進自後艙出的神氣，水流太急，船到了上面又復溜下。你若到了這些地方，你只好把眼睛緊緊閉着。這還不算大灘，大灘更嚇人！海水又大又深，但並不嚇人，彷彿很溫和。這裏河水可同一股火樣子，太熱情了一點，好像只想把人攫走，且好像完全憑自己意見做去。但古怪，卻是這些弄船人。他們逃避急流同漩水的方法可太妙了，不管甚麼情形他們總有辦法避去危險。到不得已時得往浪裏鑽，今天已鑽三回，可是又必有方法從浪裏找出路。他們逃避水的方法，比你當年避我似乎還高明。他們明白水，且得靠水為生，卻不讓水把他們攫去。他們比我們平常人更懂得水的可怕處，卻從不疏忽對於水的注意。你實在還應當跟水手學兩年，你到之江避暑，也就一定有更多情書可看了。

……

我離開北京時，還計劃到，每天用半個日子寫信，用半個日子寫文章。誰知到了這小船上，卻只想為你寫信，別的事全不能做。從這裏看來我就明白沒有你，一切文章是不會產生的。先前不同你在一塊兒時，因為想起你，文章也可以寫得很纏綿，很動人。到了你過青島後，卻因為有了你，文章也更好了。但一離開你，可不成了。倘若要我一個人去生活，作甚麼皆無趣味，無意思。我簡直已不像個能夠獨立生活下去的人。你已變成我的一部份，屬於血肉、精神一部份。我人並不聰明，一切事情得經過一度長長的思索，寫文章如此，愛人也如此，理解人的好處也如此。

你不是要我寫信告爸爸嗎？我在常德寫了個信，還不完事，又因為給你寫信把那信擱下不寫了。我預備到辰州寫，辰州忙不過來，我預備到本鄉寫。我還希望在本鄉為他找得出點禮物送他。不管是甚麼小玩意兒，只要可能，還應當送大姐點。大姐對我們好處我明白，二姐的好處被你一說也明白了。我希望在家中還可以為她們兩人寫個信去。

三三，又上了個灘。不幸得很……差點兒淹壞了一個小孩子，經驗太少，力量不夠，下篙不穩，結果一下子為篙子彈到水中去了。幸好一個年長水手把他從水中拉起，船也側着進了不少的水。小孩子被人從水中拉起來後，抱着桅子荷荷的哭，看到他那樣子真有使人說不出的同情。這小孩就是我上次提到一毛錢一天的候補水手。

這時已兩點四十五分，我的小船在一個灘上掙扎，一連上了五次皆被急流沖下，船頭全是水，只好過河從另一方拉上去。船過河時，從白浪裏鑽過，篷上也沾了浪。但不要為我着急，船到這時業已安全過了河。最危險時是我用～～號時，紙上也全是水，皮袍也全弄糟了。這時船已泊在灘下等待力量的恢復，再向白浪裏弄去。

這灘太費事了，現在我小船還不能上去。另外一隻大船上了將近一點鐘，還在急流中努力，毫無辦法。風篷、縴手、篙子，全無用處。拉船的在石灘上皆伏爬着，手足並用的一寸一寸向前。但仍無辦法。灘水太急，我的小船還不知如何方能上去。這時水手正在烤火説笑話，輪到他們出力時，他們不會吝惜氣力的。

三三，看到吊腳樓時，我覺得你不同我在一塊兒上行很可惜，但一到上灘，我卻以為你幸好不同來，因為你若看到這種灘水，如何發吼，如何奔馳，你恐怕在小船上真受不了。我現在方明白住在湘西上游的人，出門回家家中人敬神的理由。從那麼一大堆灘裏上行，所依賴的固然是船夫，船夫的一切，可真靠天了。

我寫到這裏時，灘聲正在我耳邊吼着，耳朵也發木。時間已到三點，這船還只有兩個鐘頭可走，照這樣延長下去，明天也許必須晚上方可到地。若真得晚上到辰州，我的事情又誤了一天，你説，這怎麼成。

小船已上灘了，平安無事，費時間約廿五分。上了灘問問那落水小水手，方知道這灘名「罵娘灘」（説野話的灘），難怪船上去得那麼費事。再過廿分鐘我的小船又得上個名為「白溶」的灘，全是白浪，吉人天相，一定不有甚麼難處。今天的小船全是上灘，上了白溶也許天就夜了，則明天還得上九溪同橫石。橫石灘任何船隻皆得進點兒水，劣得真有個樣子。我小船有四妹的相片，也許不至於進水。説到四妹的相片，本來我想讓它凡事見識見識，故總把它放在外邊……可是剛才差點兒它也落水了，故現在已把它收到箱子裏了。

小船這時雖上了最困難的一段，還有長長的急流得拉上去。眼看到那個能幹水手一個人爬在河邊石灘上一步一步的走，心裏很覺得悲哀。這人在船上弄船時，便時時刻刻罵野話，動了風，用不着他做事時，就摹仿麻陽人唱櫓歌，風大了些，又摹仿麻陽人打呵賀，大聲說說：

「要來就快來，莫在後面挨，呵賀——

風快發，風快發，吹得滿江起白花，呵賀——」

他一切得摹仿，就因為桃源人弄小船的連唱歌喊口號也不會！這人也有不高興時節，且可以說時時刻刻皆不高興，除了罵野話以外，就唱：

「過了一天又一天，心中好似滾油煎。」

心中煎熬些甚麼不得而知，但工作折磨到他，實在是很可憐的。這人曾當過兵，今年還在沅州方面打過四回仗[1]，不久逃回來的。據他自己說，則為人也有些胡來亂為。賭博輸了不少的錢，還很愛同女人胡鬧，花三塊錢到一塊錢，胡鬧一次。他說：「姑娘可不是人，你有錢，她同你好，過了一夜錢不完，她仍然同你好，可是錢完了，她不認識你了。」他大約還胡鬧過許多次數的。他還當過兩年兵，明白一切作兵士的規矩，身體結實如二小的哥哥，性情則天真樸質。每次看到他，總很高興的笑着。即或在罵野話，問他為甚麼得罵野話，就說：「船上人作興這樣子！」便是那小水手從水中爬起以後，一面哭一面也依然在罵野話的。看到他們我總感動得要命。我們在大城裏住，遇到的人即或有學問，有知識，有禮貌，有地位，不知怎麼的，總好像這人缺少了點成為一個人的東西。真正缺少了些甚麼又說不出。但看看這些人，就明白城裏人實實在在缺少了點人的味兒了。我現在正想起應當如何來寫個較長的作品，對於他們的做人可敬可愛處，也許讓人多知道些，對於他們悲慘處，也許在另一時多有些人來注意。但這裏一般的生活皆差不多是這樣子，便反而使我們啞口了。

你不是想讀些動人作品嗎？其實中國目前有甚麼作品值得一讀？作家從上海培養，實在是一種毫無希望的努力。你不怕山險水險，將來總得來內地看看，你所看到的也許比一生所讀過的書還好。同時你想寫小說，從任何書本去學習，也許還不如你從旅行生活中那麼看一次，所得的益處還多得多！

我總那麼想，一條河對於人太有用處了。人笨，在創作上是毫無希望可言的。海雖儼然很大，給人的幻想也寬，但那種無變化的龐大，對於一個作家靈魂的陶冶無多益處可言。黃河則沿河那市人口不相稱，地寬人少，也不能教訓我們甚麼。長江還好，但到了下游，對於人的興感也彷彿無甚麼特殊處。我讚美我這故鄉的河，正因為它同都市相隔絕，一切極樸野，一切不普遍化，生活形式、生活態度皆有點原人意味，對於一個作者的教訓太好了。我倘若還有甚麼成就，我常想，教給我思索人生，教給我體念人生，教給我智慧同品德，不是某一個人，卻實實在在是這一條河。

我希望到了明年，我們還可以得到一種機會，一同坐一次船，證實我這句話。

……

我這時耳朵熱着，也許你們在説我甚麼的。我看看時間，正下午四點五十分。你一個人在家中已夠苦的了，你還得當家，還得照料其他兩個人，又還得款待一個客人，又還得為我做事。你可以玩時應得玩玩。我知道你不放心……我還知道你不願意我上岸時太不好看，還知道你願意我到家時顯得年輕點，我的刮臉刀總擺在箱子裏最當眼處。一萬個放心……若成天只想着我，讓兩個小妮子得到許多取笑你的機會，這可不成的。

我今天已經寫了一整天了，我還想寫下去。這樣一大堆信寄到你身邊時，你怎麼辦。你事忙，看信的時間恐怕也不多，我明天的信也許得先寫點提要……

這次坐船時間太久，也是信多的原因。我到了家中時，也就是你收到這一大批信件時。你收到這信後，似乎還可以發出三兩個快信，寫明「寄常德傑雲旅館曾芹軒代收存轉沈從文親啟」。我到了常德無論如何必到那旅館看看。

我這時有點發愁，就是到了家中，家中不許我住得太短。我也願意多住些日子，但事情在身上，我總不好意思把一月期限超過三天以上。一面是那麼非走不可，一面又非留不可，就輪到我為難時節了。我倒想不出個甚麼辦法，使家中人催促我早走些。也許同大哥故意吵一架，你說好不好？地方人事雜，也不宜久住！

小船又上灘了，時間已五點廿分。這灘不很長，但也得濕濕衣服被蓋。我只用你保護到我的心，身體在任何危險情形中，原本是不足懼的。你真使我在許多方面勇敢多了。

二哥

註釋

1 今年指一九三三年。沅州即湖南芷江。

橫石和九溪

十八日上午九時

我七點前就醒了，可是卻在船上不起身。我不寫信，擔心這堆信你看不完。起來時船已開動，我洗過了臉，吃過了飯，就仍然作了一會兒癡事……今天我小船無論如何也應當到一個大碼頭了。我有點慌張，只那麼一點點。我晚上也許就可同三弟從電話中談話的。我一定想法同他們談話。我還得拍發給你的電報，且希望這電報送到家中時，你不至於吃驚，同時也不至於為難。你接到那電報時若在十九，我的船必在從辰州到瀘溪路上，晚上可歇瀘溪。這地方不很使我高興，因為好些次數從這地方過身[1]皆得不到好印象。風景不好，街道不好，水也不好。但廿日到的浦市，可是個大地方，數十年前極有名，在市鎮對河的一個大廟，比北京碧雲寺還好看。地方山峰同人家皆雅致得很。那地方出肥人，出大豬，出紙，出鞭炮。造船廠規模很像個樣子。大油坊長年有油可打，打油人皆搖曳長歌，河岸曬油簍時必百千個排列成一片。河中且長年有大木筏停泊，行大而明黃的船隻停泊，這些大船船尾皆高到兩丈左右，渡船從下面過身時，仰頭看上恰如一間大屋。那上面一定還用金漆寫得有一個「福」字或「順」字！地方又出魚，魚行也大得很。但這個碼頭卻據說在數十年前更興旺，十幾年前我到那裏時已衰落了的。衰落的原因為的是河邊長了沙灘，不便停船，水道改了方向，商業也隨之而蕭條了。正因為那點「舊家子」的神氣，大屋、大廟、大船、大地方，商業卻已不相稱，故看起來尤其動人。我還駐紮在那個廟裏半個月到廿天，屬於守備第一團。那廟裏牆上的詩好像也很多，花也多得很，還有個「大藏」[2]，樣子如塔，高至五丈，在一個大殿堂裏，上畫用木砌成，全是菩薩。合幾個人力量轉動它時，就聽到一種嚇人的聲音，如龍吟太空。這東西中國的廟裏似乎不多，非敕建大廟好像還不作興有它的。

我船又在上一個大灘了，名為「橫石」。船下行時便必需進點水，上行時若果是隻大船，也極費事，但小船倒還方便，不到廿分鐘就可以完事的。這時船已到了大浪裏，我抱着你同四丫頭的相片，若果浪把我捲去，我也得有個伴！

三三，這灘上就正有隻大船碎在急浪裏，我小船挨着它過去，我還看得明明白白那隻船中的一切。我的船已過了危險處，你只瞧我的字就明白了。船在浪裏時是兩面亂擺的。如今又在上第二段灘水，拉船人得在水中弄船，支持一船的又只是手指大一根竹纜，你真不能想像這件事。可是你放心，這灘又拉上了……

我想印個選集了[3]，因為我看了一下自己的文章，說句公平話，我實在是比某些時下所謂作家高一籌的。我的工作行將超越一切而上。我的作品會比這些人的作品更傳得久、播得遠。我沒有方法拒絕。我不驕傲，可是我的選集的印行，卻可以使些讀者對於我作品取精摘尤得到一個印象。你已為我抄了好些篇文章，我預備選的僅照我記憶到的，有下面幾篇：

〈柏子〉、〈丈夫〉、〈夫婦〉、〈會明〉。（全是以鄉村平凡人物為主格的，寫他們最人性的一面的作品）

〈龍朱〉、〈月下小景〉。（全是以異族青年戀愛為主格，寫他們生活中的一片，全篇貫串以透明的智慧，交織了詩情與畫意的作品）

〈都市一婦人〉、〈虎雛〉。（以一個性格強的人物為主格，有毒的放光的人格描寫）

〈黑夜〉。（寫革命者的一片段生活）

〈愛慾〉。（寫故事，用天方夜譚風格寫成的作品）

應當還有不少文章還可用的，但我卻想至多只許選十五篇。也許我新寫些，請你來選一次。我還打量作個〈我為何創作〉，寫我如何看別人生活以及自己如何生活，如何看別人作品以及自己又如何寫作品的經過。你若覺得這計劃還好，就請你為我抄寫〈愛慾〉那篇故事。這故事抄時仍然用那種綠格紙，同〈柏子〉差不多的。這書我估計應當有購者，同時有十萬讀者。

船去辰州已只有三十里路，山勢也大不同了，水已較和平，山已成為一堆一堆黛色淺綠色相間的東西。兩岸人家漸多，竹子也較多，且時時刻刻可以聽到河邊有人做船補船、敲打木頭的聲音。山頭無雪，雖無太陽，十分寒冷，天氣卻明明朗朗。我還常常聽到兩岸小孩子哭聲，同牛叫聲。小船行將上個大灘，已泊近一個木筏，筏上人很多。上了這個灘後，就只差一個長長的急水，於是就到辰州了。這時已將近十二點，有雞叫！這時正是你們吃飯的時候，我還記得到，吃飯時必有送信的來，你們一定等着我的信。可是這一面呢，積存的信可太多了。到辰州為止，似乎已有了卅張以上的信。這是一包，不是一封。你接到這一大包信時，必定不明白先從甚麼看起。你應得全部裁開，把它秩序弄順，再訂成個小冊子來看。你不怕麻煩，就得那麼做。有些專利的癡話，我以為也不妨讓四妹同九妹看看，若絕對不許她們見到，就用另一紙條粘好，不宜裁剪……

船又在上一個大灘了，名為「九溪」。等等我再告你一切。

……

好厲害的水！吉人天佑，上了一半。船頭全是水，白浪在船邊如奔馬，似乎只想攫你們的相片上，你瞧我字斜到甚麼樣子。但我還是一手拿着你的相片，一手寫字，好了，第一段已平安無事了。

小船上灘不足道，大船可太動人了。現在就有四隻大船正預備上灘，所有水手皆上了岸，船後掌梢的派頭如將軍，攔頭的赤着個膊子，船揹到水中不動了，一下子就躍到水中去了。我小船又在急水中了，還有些時候方可到第二段緩水處。大船有些一整天只上這樣一個灘，有些到灘上弄碎了，就收拾船板到石灘上搭棚子住下。三三，這鬥爭，這和水的爭鬥，在這條河裏，至少是有廿萬人的！三三，我小船第二段危險又過了，等等還有第三段得上。這個灘共有九段麻煩處，故上去還需些時間。我船裏已上了浪，但不妨的，這不是要遠人擔心的……

我昨晚上睡不着時，曾經想到了許多好像很聰明的話……今天被浪一打，現在要寫卻忘掉了。這時浪真大，水太急了點，船倒上得很好。今天天明朗一點，但毫無風，不能掛帆。船又上了一個灘，到一段較平和的急流中了。還有三五段。小船因攔頭的不得力，已加了個臨時縴手，一個老頭子，白鬚滿腮，牙齒已脫，卻如古羅馬人那麼健壯。先時蹲到灘頭大青石上，同船主講價錢，一個要一千，一個出九百，相差的只是一分多錢，並且這錢全歸我出，那船主仍然不允許出這一百錢。但船開行後，這老頭子卻趕上前去自動加入拉縴[4]了。這時船已到了第四段。

小船已完全上灘了，老頭子又到船邊來取錢，簡直是個托爾斯太[5]！眉毛那麼濃，臉那麼長，鼻子那麼大，鬍子那麼長，一切皆同畫上的托爾斯太相同。這人秀氣一些，因為生長在水邊，也許比那一個同時還乾淨些。他如今又蹲在一個石頭上了。看他那數錢神氣，人那麼老了，還那麼出力氣，為一百錢大聲的嚷了許久，我有個疑問在心：

「這人為甚麼而活下去？他想不想過為甚麼活下去這件事？」

不止這人不想起，我這十天來所見到的人，似乎皆並不想起這種事情的。城市中讀書人也似乎不大想到過。可是，一個人不想到這一點，還能好好生存下去，很稀奇的。三三，一切生存皆為了生存，必有所愛方可生存下去。多數人愛點錢，愛吃點好東西，皆可以從從容容活下去的。這種多數人真是為生而生的。但少數人呢，卻看得遠一點，為民族為人類而生。這種少數人常常為一個民族的代表，生命放光，為得是他會凝聚精力使生命放光！我們皆應當莫自棄，也應當得把自己凝聚起來！

三三，我相信你比我還好些，可是你也應得有這種自信，來思索這生存得如何去好好發展！

我小船已到了一個安靜的長潭中了。我看到了用鸕鷀咬魚的漁船了，這漁船是下河少見的。這種船同這種黑色怪鳥，皆是我小時節極歡喜的東西，見了它們同見老友一樣。我為它們照了個相，希望這相可看出個大略。我的相片已照了四張，到辰州我還想把最初出門時，軍隊駐紮的地方照來，時間恐不大方便。我的小船正在一個長潭中滑走，天氣極明朗，水靜得很，且起了些風，船走得很好。只是我手卻凍壞了，如果這樣子再過五天，一定更不成事了的。在北方手不腫凍，到南方來卻凍手，這是件可笑的事情。

我的小船已到了一個小小水村邊，有母雞生蛋的聲音，有人隔河喊人的聲音，兩山不大而翠色迎人，有許多待修理的小船皆斜臥在岸上。有人正在一隻船邊敲敲打打，我知道他們是在用麻頭同桐油石灰嵌進船縫裏去的，一個木筏上面還有小船，正在平潭中溜着，有趣得很！我快到柏子停船的岸邊了，那裏小船多得很，我一定還可以看到上千的真正柏子[6]！

我烤烤手再寫。這信快可以付郵了，我希望多寫些，我知道你要許多，要許多。

你只看看我的信，就知道我們離開後，我的心如何還在你的身邊！

手一烤就好多了。這邊山頭已染上了淺綠色，透露了點春天的消息，說不出它的秀。我小船只差上一個長灘，就可以用槳划到辰州了。這時已有點風，船走得更快一些。到了辰州，你的相片可以上岸玩玩，四丫頭的大相卻只好在箱子裏了。我願意在辰州碰到幾個必須見面的人，上去時就方便些。辰州到我縣裏只二百八十里，或二百六或二百廿里，若坐轎三天可到，我改坐轎子。一到家，我希望就有你的信，信中有我們所照的相片！

船已在上我所說最後一灘了，我想再休息一會會，上了這長灘，我再告你一切。我一離開你，就只想給你寫信，也許你當時還應當苛刻一點，殘忍一點，盡擠我寫幾年信，你覺得更有意思！

……

二哥

一月十八十二時卅分

註釋

1 過身：經過。
2 大藏：即轉輪藏，設於浦峰寺內。
3 這是作者第一次提到印選集的想法。兩年後《從文小說習作選》才由上海良友圖書印刷公司出版。
4 拉縴：在岸上用繩拉船前進。
5 托爾斯太：今譯托爾斯泰，後文同。
6 柏子：沈從文短篇小說〈柏子〉的主角，是名水手。

歷史是一條河

十八日下午二時卅分

我小船已把主要灘水全上完了，這時已到了一個如同一面鏡子的潭裏。山水秀麗如西湖，日頭已出，兩岸小山皆淺綠色。到辰州只差十里，故今天到地必很早。我照個相，為一群拉縴人照的。現在太陽正照到我的小船艙中，光景明媚，正同你有些相似處。我因為在外邊站久了一點，手已發了木，故寫字也不成了。我一定得戴那雙手套的，可是這同寫信恰好是魚同熊掌，不能同時得到。我不要熊掌，還是做近於吃魚的寫信吧。這信再過三四點鐘就可發出，我高興得很。記得從前為你寄快信時，那時心情真有說不出的緊處，可憐的事，這已成為過去了。現在我不怕你從我這種信中挑眼兒了，我需要你從這些無頭無緒的信上，找出些我不必說的話……

我已快到地了，假若這時節是我們兩個人，一同上岸去，一同進街且一同去找人，那多有趣味！我一到地見到了有點親戚關係的人，他們第一句話，必問及你！我真想凡是有人問到你，就答覆他們「在口袋裏」！

三三，我因為天氣太好了一點，故站在船後艙看了許久水，我心中忽然好像澈悟了一些，同時又好像從這條河中得到了許多智慧。三三，的的確確，得到了許多智慧，不是知識。我輕輕的嘆息了好些次。山頭夕陽極感動我，水底各色圓石也極感動我，我心中似乎毫無甚麼渣滓，透明燭照，對河水，對夕陽，對拉船人同船，皆那麼愛着，十分溫暖的愛着！我們平時不是讀歷史嗎？一本歷史書除了告我們些另一時代最笨的人相斫相殺以外有些甚麼？但真的歷史卻是一條河。從那日夜長流千古不變的水裏，石頭和砂子，腐了的草木，破爛的船板，使我觸着平時我們所疏忽了若干年代若干人類的哀樂！我看到小小漁船，載了它的黑色鸕鷀向下流緩緩划去，看到石灘上拉船人的姿勢，我皆異常感動且異常愛他們。我先前一時不還提到過這些人可憐的生、無所為的生嗎？不，三三，我錯了。這些人不需我們來可憐，我們應當來尊敬來愛。他們那麼莊嚴忠實的生，卻在自然上各擔負自己那份命運，為自己、為兒女而活下去。不管怎麼樣活，卻從不逃避為了活而應有的一切努力。他們在他們那份習慣生活裏、命運裏，也依然是哭、笑、吃、喝，對於寒暑的來臨，更感覺到這四時交遞的嚴重。三三，我不知為甚麼，我感動得很！我希望活得長一點，同時把生活完全發展到我自己這份工作上來。我會用我自己的力量，為所謂人生，解釋得比任何人皆莊嚴些與透入些！三三，我看久了水，從水裏的石頭得到一點平時好像不能得到的東西，對於人生，對於愛憎，彷彿全然與人不同了。我覺得惆悵得很，我總像看得太深太遠，對於我自己，便成為受難者了。這時節我軟弱得很，因為我愛了世界，愛了人類。三三，倘若我們這時正是兩人同在一處，你瞧我眼睛濕到甚麼樣子！

三三，船已到了關上了，我半點鐘就會上岸的。今晚上我恐怕無時間寫信了，我們當說聲再見！三三，請把這信用你那體面溫和眼睛多吻幾次！我明天若上行，會把信留到浦市發出的。

二哥

一月十八下午四點半

這裏全是船了！

湘行散記

鴨窠圍的夜

天快黃昏時落了一降雪子，不久就停了。天氣真冷，在寒氣中一切都彷彿結了冰。便是空氣，也像快要凍結的樣子。我包定的那一隻小船，在天空大把撒着雪子時已泊了岸。從桃源縣沿河而上這已是第五個夜晚。看情形晚上還會有風有雪，故船泊岸邊時便從各處挑選好地方。沿岸除了某一處有片沙岨宜於泊船以外，其餘地方全是黛色如屋的大岩石。石頭既然那麼大，船又那麼小，我們都希望尋覓得到一個能作小船風雪屏障，同時要上岸又還方便的處所。凡是可以泊船的地方早已被當地漁船佔去了。小船上的水手，把船上下各處撐去，鋼鑽頭敲打着沿岸大石頭，發出好聽的聲音，結果這隻小船，還是不能不同許多大小船隻一樣，在正當泊船處插了篙子，把當作錨頭用的石碇拋到沙上去，盡那行將來到的風雪，攤派到這隻船上。

這地方是個長潭的轉折處，兩岸是高大壁立千丈的山，山頭上長着小小竹子，長年翠色逼人。這時節兩山只剩餘一抹深黑，賴天空微明為畫出一個輪廓。但在黃昏裏看來如一種奇蹟的，卻是兩岸高處去水已三十丈上下的吊腳樓。這些房子莫不儼然懸掛在半空中，借着黃昏的餘光，還可以把這些稀奇的樓房形體，看得出個大略。這些房子同沿河一切房子有個共通相似處，便是從結構上說來，處處顯出對於木材的浪費。房屋既在半山上，不用那麼多木料，便不能成為房子嗎？半山上也用吊腳樓形式，這形式是必須的嗎？然而這條河水的大宗出口是木料，木材比石塊還不值價。因此，即或是河水永遠漲不到處，吊腳樓房子依然存在，似乎也不應當有何惹眼驚奇了。但沿河因為有了這些樓房，長年與流水鬥爭的水手，寄身船中枯悶成疾的旅行者，以及其他過路人，卻有了落腳處了。這些人的疲勞與寂寞是從這些房子中可以一律解除的。地方既好看，也好玩。

河面大小船隻泊定後，莫不點了小小的油燈，拉了篷。各個船上皆在後艙燒了火，用鐵鼎罐煮紅米飯。飯燜熟後，又換鍋子熬油，嘩的把菜蔬倒進熱鍋裏去。一切齊全了，各人蹲在艙板上三碗五碗把腹中填滿後，天已夜了。水手們怕冷怕動的，收拾碗盞後，就莫不在艙板上攤開了被蓋，把身體鑽進那個預先捲成一筒又冷又濕的硬棉被裏去休息。至於那些想喝一杯的，發了煙癮得靠靠燈，船上煙灰又翻盡了的，或一無所為，只是不甘寂寞，好事好玩想到岸上去烤烤火談談天的，便莫不提了桅燈，或燃一段廢纜子，搖晃着從船頭跳上了岸，從一堆石頭間的小路徑，爬到半山上吊腳樓房子那邊去，找尋自己的熟人，找尋自己的熟地。陌生人自然也有來到這條河中，來到這種吊腳樓房子裏的時節，但一到地，在火堆旁小板凳上一坐，便是陌生人，即刻也就可以稱為熟人鄉親了。

這河邊兩岸除了停泊有上下行的大小船隻三十左右以外，還有無數在日前趁融雪漲水放下形體大小不一的木筏。較小的木筏，上面供給人住宿過夜的棚子也不見，一到了碼頭，便各自上岸找住處去了。大一些的木筏呢，則有房屋，有船隻，有小小菜園與養豬養雞柵欄，還有女眷和小孩子。

黑夜佔領了全個河面時，還可以看到木筏上的火光，吊腳樓窗口的燈光，以及上岸下船在河岸大石間飄忽動人的火炬紅光。這時節岸上船上都有人說話，吊腳樓上且有婦人在黯淡燈光下唱小曲的聲音，每次唱完一支小曲時，就有人笑嚷。甚麼人家吊腳樓下有匹小羊叫，固執而且柔和的聲音，使人聽來覺得憂鬱。我心中想着，「這一定是從別一處牽來的，另外一個地方，那小畜生的母親，一定也那麼固執地鳴着吧。」算算日子，再過十一天便過年了。「小畜生明不明白只能在這個世界上活過十天八天？」明白也罷，不明白也罷，這小畜生是為了過年而趕來，應在這個地方死去的。此後固執而又柔和的聲音，將在我耳邊永遠不會消失。我覺得憂鬱起來了。我彷彿觸着了這世界上一點世界，看明白了這世界上一點東西，心裏軟和得很。

但我不能這樣打發這個長夜。我把我的想像，追隨了一個唱曲時清中夾沙的婦女聲音到她的身邊去了。於是彷彿看到了一個床鋪，下面是草薦，上面攤了一床用舊帆布或別的舊貨做成髒而又硬的棉被，擱在床正中被單上面的是一個長方木托盤，盤中有一把小茶盞、一個小煙盒、一支煙槍、一塊小石頭、一盞燈。盤邊躺着一個人在燒煙。唱曲子的婦人，或是袖了手捏着自己的膀子站在吃煙者的面前，或是靠在男子對面的床頭，為客人燒煙。房子分兩進，前面臨街，地是土地，後面臨河，便是所謂吊腳樓了。這些人房子窗口既一面臨河，可以憑了窗口呼喊河下船中人，當船上人過了癮、胡鬧已夠、下船時，或者尚有些事情囑託，或有其他原因，一個晃着火炬停頓在大石間，一個便憑立在窗口，「大佬你記着，船下行時又來。」「好，我來的，我記着的。」「你見了順順就說：會呢，完了；孩子大牛呢，腳膝骨好了。細粉帶三斤，冰糖或片糖帶三斤。」「記得到，記得到，大娘你放心，我見了順順大爺就説：會呢，完了。大牛呢，好了。細粉來三斤，冰糖來三斤。」「楊氏，楊氏，一共四吊七，莫錯賬！」「是的，放心呵，你説四吊七就四吊七，年三十夜莫會要你多的！你自己記着就是了」這樣那樣的説着，我一一都可聽到，而且一面還可以聽着在黑暗中某一處咩咩的羊鳴。我明白這些回船的人是上岸吃過「葷煙」[1]了的。

我還估計得出，這些人不吃「葷煙」，上岸時只去烤烤火的，到了那些屋子裏時，便多數只在臨街那一面鋪子裏。這時節天氣太冷，大門必已上好了，屋裏一隅或點了小小油燈，屋中土地上必就地掘了淺凹火爐膛，燒了些樹根柴塊。火光煜煜，且時時刻刻爆炸着一種難於形容的聲音。火旁矮板凳上坐有船上人，木筏上人，有對河住家的熟人。且有雖為天所厭棄還不自棄年過七十的老婦人，閉着眼睛蜷成一團蹲在火邊，悄悄的從大袖筒裏取出一片薯乾、一枚紅棗，塞到嘴裏去咀嚼。有穿着骯髒、身體瘦弱的孩子，手擦着眼睛傍着火旁的母親打盹。屋主人有為退伍的老軍人，有翻船背運的老水手，有單身寡婦。借着火光燈光，可以看得出這屋中的大略情形，三堵木板壁上，一面必有個供奉祖宗的神龕，神龕下空處或另一面，必貼了一些大小不一的紅白名片。這些名片倘若有那些好事者加以注意，用小油燈照着，去仔細檢查檢查，便可以發現許多動人的名銜，軍隊上的連副、上士、一等兵，商號中的管事，當地的團總、保正、催租吏，以及照例姓滕的船主，洪江的木篺[2]商人，與其他各行各業人物，無所不有。這是近一二十年來經過此地若干人中一小部份的題名錄。這些人各用一種不同的生活，來到這個地方，且同樣的來到這些屋子裏，坐在火邊或靠近床上，逗留過若干時間。這些人離開了此地後，在另一世界裏還是繼續活下去，但除了自己的生活圈子中人發生關係以外，與一同在這個世界上其他的人，卻彷彿便毫無關係可言了。他們如今也許早已死掉了，水淹死的，槍打死的，被外妻[3]用砒霜謀殺的，然而這些名片卻依然好好的保留下去。也許有些人已成了富人名人，成了當地的小軍閥，這些名片卻依然寫着催租人、上士等等的銜頭。……除了這些名片，那屋子裏是不是還有比它更引人注意的東西呢？鋸子、小撈兜、香煙大畫片、裝乾栗子的口袋……

提起這些問題時使人心中很激動。我到船頭上去眺望了一陣。河面靜靜的，木筏上火光小了，船上的燈光已很少了，遠近一切只能藉着水面微光看出個大略情形。另外一處的吊腳樓上，又有了婦人唱小曲的聲音，燈光搖搖不定，且有猜拳聲音。我估計那些燈光同聲音所在處，不是木筏上的篺頭在取樂，就是水手們小商人在喝酒。婦人手指上說不定還戴了水手特別為從常德府捎帶來的鍍金戒指，一面唱曲一面把那隻手理着鬢角，多動人的一幅畫圖！我認識他們的哀樂，這一切我也有份。看他們在那裏把每個日子打發下去，也是眼淚也是笑，離我雖那麼遠，同時又與我那麼相近。這正同讀一篇描寫西伯利亞的農人生活動人作品一樣，使人掩卷引起無言的哀戚。我如今只用想像去領味這些人生活的表面姿態，卻用過去一分經驗，接觸着了這種人的靈魂。

羊還固執地鳴着。遠處不知甚麼地方有鑼鼓聲音，那一定是某個人家禳土酬神[4]還願巫師的鑼鼓。聲音所在處必有火燎與九品蠟照耀爭輝。炫目火光下必有頭包紅布的老巫師獨立作旋風舞，門上架上有黃錢，平地有裝滿了穀米的平斗。有新宰的豬羊伏在木架上，頭上插着小小五色紙旗。有行將為巫師用口把頭咬下的活公雞，縛了雙腳與翼翅，在土壇邊無可奈何的躺臥。主人鍋灶邊則熱了滿鍋豬血稀粥，灶中正火光熊熊。

鄰近一隻大船上，水手們已靜靜的睡下了，只剩餘一個人吸着煙，且時時刻刻把煙管敲着船舷。也像聽着吊腳樓的聲音，為那點聲音所激動，引起種種聯想，忽然按捺自己不住了，只聽到他輕輕的罵着野話，擦了支自來火，點上一段廢纜，跳上岸往吊腳樓那裏去了。他在岸上大石間走動時，火光便從船篷空處漏進我的船中。也是同樣的情形吧，在一隻裝載棉軍服向上行駛的船上，泊到同樣的岸邊，躺在成束成捆的軍服上面，夜既太長，水手們愛玩牌的各蹲坐在艙板上小油燈光下玩天九，睡既不成，便胡亂穿了兩套棉軍服，空手上岸，藉着石塊間還未融盡殘雪返照的微光，一直向高岸上有燈光處走去。到了街上，除了從人家門罅裏露出的燈光成一條長線橫臥着，此外一無所有。在計算中以為應可見到的小攤上成堆的花生，用哈德門長方紙煙匣裝着乾癟癟的小桔子，切成小方塊的片糖，以及在燈光下看守攤子把眉毛扯得極細的婦人（這些婦人無事可作時還會在燈光下做點針線的），如今甚麼也沒有。既不敢冒昧闖進一個人家裏面去，便只好又回轉河邊船上了。但上山時向燈光凝聚處走去，方向不會錯誤，下河時可糟了。糊糊塗塗在大石小石間走了許久，且大聲喊着，才走近自己所坐的一隻船。上船時，兩腳全是泥，剛攀上船舷還不及脫鞋落艙，就有人在棉被中大喊：「夥計哥子們，脫鞋呀！」一把鞋脫了還不即睡，便鑲到水手身旁去看牌，一直看到半夜——十五年前自己的事，在這樣地方溫習起來，使人對於命運感到十分驚異。我懂得那個忽然獨自跑上岸去的人，為甚麼上去的理由！

等了一會，鄰船上那人還不回到他自己的船上來，我明白他所得的必比我多了一些。我想聽聽他回來時，是不是也像別的船上人，有一個婦人在吊腳樓窗口喊叫他。許多人都陸續回到船上了，這人卻沒有下船。我記起「柏子」。但是，同樣是水上人，一個那麼快樂的趕到岸上去，一個卻是那麼寂寞的跟着別人後面走上岸去，到了那些地方，情形不會同柏子一樣，也是很顯然的事了。

為了我想聽聽那個人上船時那點推篷聲音，我打算着。在一切聲音全已安靜時，我仍然不能睡覺。我等待那點聲音，大約到午夜十二點，水面上卻起了另外一種聲音。彷彿鼓聲，也彷彿汽油船馬達轉動聲，聲音慢慢的近了，可是慢慢的又遠了。像是一個有魔力的歌唱，單純到不可比方，也便是那種固執的單調，以及單調的延長，使一個身臨其境的人，想用一組文字去捕捉那點聲音，以及捕捉在那長潭深夜一個人為那聲音所迷惑時節的心情，實近於一種徒勞無功的努力。那點聲音使我不得不再從那個業已用被單塞好空罅的艙門，到船頭去搜索它的來源。河面一片紅光，古怪聲音也就從紅光一面掠水而來。原來日裏隱藏在大岩下的一些小漁船，在半夜前早已靜悄悄的下了攔江網。到了半夜，把一個從船頭伸在水面的鐵兜，盛上燃着熊熊烈火的油柴，一面用木棒槌有節奏的敲着船舷各處漂去。身在水中見了火光而來與受了柝[5]聲吃驚四竄的魚類，便在這種情形中觸了網，成為漁人的俘虜。

一切光，一切聲音，到這時節已為黑夜所撫慰而安靜了，只有水面上那一份紅光與那一派聲音。那種聲音與光明，正為着水中的魚和水面的漁人生存的搏戰，已在這河面上存在了若干年，且將在接連而來的每個夜晚依然繼續存在。我弄明白了，回到艙中以後，依然默聽着那個單調的聲音。我所看到的彷彿是一種原始人與自然戰爭的情景。那聲音，那火光，都近於原始人類的戰爭，把我帶回到四五千年那個「過去」時間裏去。

不知在甚麼時候開始落了很大的雪。聽船上人細語着，我心想，第二天我一定可以看到鄰船上那個人上船時節，在岸邊雪地上留下那一行足跡。那寂寞的足跡，事實上我卻不曾見到，因為第二天到我醒來時，小船已離開那個泊船處很遠了。

原載於一九三四年四月《文學》二卷四期

註釋

1 吃葷煙：表面上是在船上抽煙，其實是嫖娼的俗稱。
2 木簰：木排。
3 外妻：猶外婦，妻子以外的妾婦。
4 禳土酬神：祭土地公，酬謝神靈。
5 柝：打更用的梆子。

一個多情水手與一個多情婦人

我的小錶到了七點四十分時，天光還不很亮。停船地方兩山過高，故住在河上的人，睡眠彷佛也就可以多些了。小船上水手昨晚上吃了我五斤河魚，吃過了魚，大約還記得着那吃魚的原因，不好意思再睡，這時節業已起身，捲了鋪蓋，在燒水掃雪了。兩個水手一面工作一面用野話編成韻語罵着玩着，對於惡劣天氣與那些昨晚上能晃着火炬到有吊腳樓人家去同寬臉大奶子婦人糾纏的水手，含着無可奈何的妒嫉。

大木筏都得天明時漂灘，正預備開頭，寄宿在岸上的人已陸續下了河，與宿在筏上的水手們，共同開始從各處移動木料，筏上有斧斤聲與大搖槌嘭嘭嘭的敲打木樁聲音。許多在吊腳樓寄宿的人，從婦人熱被裏脱身，皆在河灘大石間踉蹌走着，回歸船上。婦人們恩情所結，也多和衣靠着窗邊，與河下人遙遙傳述那種種「後會有期各自珍重」的話語。很顯然的事，便是這些人從昨夜那點露水恩情上，已經各在那裏支付分上一把眼淚與一把埋怨。想到這些眼淚與埋怨，如何揉進這些人的生命中，成為生活之一部份時，使人心中柔和得很！

第一個大木筏開始移動時，約在八點左右。木筏四隅數十支大橈[1]，撥水而前，筏上且起了有節奏的「唉」聲。接着又移動了第二個。……木筏上的橈手，各在微明中畫出一個黑色的輪廓。木筏上某一處必揚着一片紅紅的火光，火堆旁必有人正蹲下用鋼罐煮水。

我的小船到這時節一切業已安排就緒，也行將離岸，向長潭上游溯江而上了。只聽到河下小船鄰近不遠某一隻船上，有個水手啞着嗓子喊人：

「牛保，牛保，不早了，開船了呀！」

許久沒有回答，於是又聽那個人喊道：

「牛保，牛保，你不來當真船開動了！」

再過一陣，催促的轉而成為辱罵，不好聽的話已上口了。

「牛保，牛保，狗×的，你個狗就見不得河街女人的×！」

吊腳樓上那一個，到此方彷佛初從好夢中驚醒，從熱被裏婦人手臂中逃出，光身爬到窗邊來答着：

「宋宋，宋宋，你喊甚麼？天氣還早咧。」

「早你的娘，人家木簰全開了，你玩了一夜還盡不夠！」

「好兄弟，忙甚麼？今天到白鹿潭好好的喝一杯！天氣早得很！」

「天氣早得很，哼，早你的娘！」

「就算是早我的娘吧。」

最後一句話，不過是我的想像。因為河岸水面那一個，雖尚呶呶不已，樓上那一個卻業已沉默了。大約這時節那個婦人還臥在床上，也開了口，「牛保，牛保，你別理他，冷得很！」因此即刻又回到床上熱被裏去了。

只聽到河邊那個水手喃喃的罵着各種野話，且有意識把船上傢伙磕撞得很響。我心想：這是個甚麼樣子的人，我倒應該看看他。且很希望認識岸上那一個。我知道他們那隻船也正預備上行，就告給我小船上水手，不忙開頭，等等同那隻船一塊兒開。

不多久，許多木筏離岸了，許多下行船也拔了錨，推開篷，着手蕩槳搖櫓了。我臥在船艙中，就只聽到水面人語聲，以及櫓槳激水聲，與櫓槳本身被扳動時咿咿啞啞聲。河岸吊腳樓上婦人在曉氣迷濛中銳聲的喊人，正如同音樂中的笙管一樣，超越眾聲而上。河面雜聲的綜合，交織了莊嚴與流動，一切真是一個聖境。

我出到艙外去站了一會，天已亮了，雪已止了，河面寒氣逼人。眼看這些船筏各戴上白雪浮江而下，這裏那裏揚着紅紅的火焰同白煙，兩岸高山則直矗而上，如對立巨魔，顏色淡白，無雪處皆作一片墨綠。奇景當前，有不可形容的瑰麗。

一會兒，河面安靜了。只剩下幾隻小船同兩片小木筏，還無開頭意思。河岸上有個藍布短衣青年水手，正從半山高處人家下來，到一隻小船上去。因為必需從我小船邊過身，我把這人看得清清楚楚。大眼，寬臉，鼻子短，寬闊肩膊下掛着兩隻大手（手上還提了一個棕衣口袋，裏面填得滿滿的），走路時肩背微微向前彎曲，看來處處皆證明這個人是一個能幹得力的水手。我就冒昧的喊他，同他說話：

「牛保，牛保，你玩得好！」

誰知那水手當真就是牛保。

那傢伙回過頭來看看是我叫他，就笑了。我們的小船好幾天以來，皆一同停泊，一同啟碇[2]，我雖不認識他，他原來早就認識了我的。經我一問，他有點害羞起來了。他把那口袋舉起帶笑說道：

「先生，冷呀！你不怕冷嗎？我這裏有核桃，你要不要吃核桃？」

我以為他想賣給我些核桃，不願意掃他的興，就說等等我一定向他買些。

他剛走到他自己那隻小船邊，就快樂的唱起來了。忽然税關複查處比鄰吊腳樓人家窗口，露出一個年青婦人鬢髮散亂的頭顱，向河下人銳聲叫將起來：

「牛保，牛保，我同你說的話，你記着嗎？」

年青水手向吊腳樓一方把手揮動着。

「唉，唉，我記得到！……冷！你是怎麼的啊！快上床去！」大約他知道婦人起身到窗邊時，是還不穿衣服的。

婦人似乎因為一番好意不能使水手領會，有點不高興的神氣。

「我等你十天，你有良心，你就來——」說着，嘭的一聲把格子窗放下了。這時節眼睛一定已紅了。

那一個還向吊腳樓喃喃說着甚麼，隨即也上了船。我看看，那是一隻深棕色的小貨船。

我的小船行將開頭時，那個青年水手牛保卻跑來送了一包核桃。我以為他是拿來賣給我的，趕快取了一張值五角的票子遞給他。這人見了錢只是笑。他把錢交還，把那包核桃從我手中搶了回去。

「先生，先生，你買我的核桃，我不賣！我不是做生意人（他把手向吊腳樓指了一下，話說得輕了些）。那婊子同我要好，她送我的。送了我那麼多，還有栗子、乾魚。還說了許多癡話，等我回來過年咧。……」

慷慨原是辰河水手一種通常的性格，既不要我的錢，皮箱上正擱了一包煙台蘋果，我隨手取了四個大蘋果送給他，且問他：

「你回不回來過年？」

他只笑嘻嘻的把頭點點，就帶了那四個蘋果飛奔而去。我要水手開了船。小船已開到長潭中心時，忽然又聽到河邊那個啞嗓子在喊嚷：

「牛保，牛保，你是怎麼的？我×你的媽，還不下河，我翻你的三代，還……」

一會兒，一切皆沉靜了，就只聽到我小船船頭分水的聲音。

聽到水手的辱駡，我方明白那個快樂多情的水手，原來得了蘋果後，並不即返船，仍然又到吊腳樓人家去了。他一定把蘋果獻給那個婦人，且告給婦人這蘋果的來源，說來說去，到後自然又輪着來聽婦人說的癡話，把下河的時間完全忘掉了。

小船已到了辰河多灘的一段路程，長潭盡後就是無數大灘小灘。河水半月來已落下六尺，雪後又照例無風，較小船隻即或可以不從大漕上行，沿着河邊淺水處走去也仍然十分費事。水太乾了，天氣又實在太冷了點。我伏在艙口看水手們一面罵野話，一面把長篙向急流亂石間擲去，心中卻念及那個多情水手。船上灘時浪頭儼然只想把船上人攫走。水流太急，故常常眼看業已到了灘頭，過了最緊要處，但在抽篙換篙之際，忽然又會為急流沖下。海水又大又深，大浪頭拍岸時常如一個小山，但它總使人覺得十分溫和。河水可同一股火，太熱情了一點，時時刻刻皆想把人攫走，且彷彿完全只憑自己意見作去。但古怪的是這些弄船人，他們逃避激流同漩水的方法，十分巧妙。他們得靠水為生，明白水，比一般人更明白水的可怕處；但他們為了求生，卻在每個日子裏每一時間皆有向水中跳去的準備。小船一上灘時，就不能不向白浪裏鑽去，可是他們卻又必有方法從白浪裏找到出路。

在一個小灘上，因為河面太寬，小漕河水過淺，小船纜繩不夠長不能拉縴，必須盡手足之力用篙撐上，我的小船一連上了五次皆被急流沖下。船頭全是水。到後想把船從對河另一處大漕走去，漂流過河時，從白浪中鑽出鑽進，篷上也沾了水。在大漕中又上了兩次，還花錢加了個臨時水手，方把這隻小船弄上灘。上過灘後問水手是甚麼灘，方知道這灘名「罵娘灘」（說野話的灘）。即或是父子弄船，一面弄船也一面得互罵各種野話，方可以把船弄上灘口。

一整天小船盡是上灘，我一面欣賞那些從船舷馳過急於奔馬的白浪，一面便用船上的小斧頭，敲剝那個風流水手見贈的核桃吃。我估想這些硬殼果，說不定每一顆還都是那吊腳樓婦人親手從樹上摘下，用鞋底揉去一層苦皮，再一一加以選擇，放到棕衣口袋裏的。望着那些棕色碎殼，那婦人說的「你有良心你就趕快來」一句話，也就盡在我耳邊響着。那水手雖然這時節或許正在急水灘頭趴伏到石頭上拉船，或正脫了褲子涉水過溪，一定卻記憶着吊腳樓婦人的一切，心中感覺十分溫暖。每一個日子的過去，便使他與那婦人接近一點點。十天完了，過年了，那吊腳樓上，一定門楣上全貼了紅喜錢，被捉的雄雞啊呵呵的叫着，雄雞宰殺後，把牠向門角落拋去，只聽到翅膀撲地的聲音。鍋中蒸了一籠糯米飯倒下，兩人就開始在一個石臼裏搗將起來。一切事都是兩個人共力合作，一切工作中皆摻合有笑謔與善意的詛罵。於是當真過年了。又是叮嚀與眼淚，在一份長長的日子裏有所期待，留在船上另一個放聲的辱罵催促着，方下了船，又是胡桃與栗子、乾鯉魚與……

到了午後，天氣太冷，無從趕路。時間還只三點左右，我的小船便停泊了。停泊地方名為楊家岨。依然有吊腳樓，飛樓高閣懸在半山中，結構美麗悅目。小船傍在大石邊，只須一跳就可以上岸。岸上吊腳樓前枯樹邊，正有兩個婦人，穿了毛藍布衣裳，不知商量些甚麼，幽幽的説着話。這裏雪已極少，山頭皆裸露作深棕色，遠山則為深紫色。地方靜得很，河邊無一隻船，無一個人，無一堆柴。河邊某一個大石後面，有人正在捶搗衣服，一下一下的搗。對河也有人説話，卻看不清楚人在何處。

小船停泊到這些小地方，我真有點擔心。船上那個壯年水手，是一個在軍營中開過小差作過種種非凡事業的人物，成天在船上只唱着「過了一天又一天，心中好似滾油煎」，若誤會了我箱中那些帶回湘西送人的信箋信封，以為是值錢東西，在唱過了埋怨生活的戲文以後，轉念頭來玩個新花樣，説不定我還來不及被詢問「吃板刀麵或吃餛飩」以前，就被他解決了。這些事我倒不怎麼害怕，凡是蠢人作出的事我不知道甚麼叫嚇怕的。只是有點兒擔心。因為若果這個人做出了這種蠢事，我完了，他跑了，這地方可糟了。地方既屬於我那些同鄉軍官大老管轄，把他們可忙壞了。

我盼望牛保那隻小船趕來，也停泊到這個地方，一面可以不用擔心，一面還可以同這個有人性的多情水手談談。

直等到黃昏，方來了一隻郵船，靠着小船下了錨。過不久，郵船那一面有個年青水手嚷着要支點錢上岸去吃「葷煙」，另一個管事的卻不允許，兩人便爭吵起來了。只聽到年青的那一個呶呶絮語，聲音神氣簡直同大清早上那個牛保一個樣子。到後來，這個水手負氣，似乎空着個荷包，也仍然上岸過吊腳樓人家去了。過了一會還不見他回船，我很想知道一下他到了那裏作些甚麼事情，就要一個水手為我點上一段廢纜，晃着那小小火把，引導我離了船，爬了一段小小山路，到了所謂河街。

五分鐘後，我與這個穿綠衣的郵船水手，一同坐到一個人家正屋裏火堆旁，默默的在烤火了。面前是一個大油松樹根株，正伴同一餅油渣，熊熊的燃着快樂的火焰。間或有人用腳或樹枝撥了那麼一下，便有好看的火星四散驚起。主人是一個中年婦人，另外還有兩個老婦人，雖然向水手提出種種問題，且把關於下河的油價、木價、米價、鹽價，一件一件來詢問他，他卻很散漫地回答，只低下頭望着火堆。從那個頸項同肩膊，我認得這個人性格同靈魂，竟完全同早上那個牛保一樣。我明白他沉默的理由，一定是船上管事的不給他錢，到岸上來賒煙不到手。他那悶悶不樂的神氣，可以說是很嫵媚。我心想請他一次客，又不便說出口。到後機會卻來了，門開處進來了一個年事極輕的婦人，頭上裹着大格子花布首巾，身穿葱綠色土布襖子，繫一條藍色圍裙，胸前還繡了一朵小小白花。那年輕婦人把兩隻手插在圍裙裏，輕腳輕手進了屋，就站在中年婦人身後。説真話，這個女人真使我有點兒「驚訝」。我似乎在甚麼地方另一時節見着這樣一個人，眼目鼻子皆彷彿十分熟悉。若不是當真在某一處見過，那就必定是在夢裏了。公道一點説來，這婦人是個美麗得很的生物！

最先我以為這小婦人是無意中撞來玩玩，聽聽從下河來的客人談談下面事情，安慰安慰自己寂寞的。可是一瞬間，我卻明白她是為另一件事而來的了。屋主人要她坐下，她卻不肯坐下，只把一雙放光的眼睛盡瞅着我，待到我抬起頭去望她時，那眼睛卻又趕快逃避了。她在一個水手面前一定沒有這種羞怯，為這點羞怯我心中有點兒惆悵，引起了點兒憐憫。這憐憫一半給了這個小婦人，卻留下一半給我自己。

那郵船水手眼睛為小婦人放了光，很快樂地說：

「夭夭，夭夭，你打扮得真像個觀音！」

那女人抿嘴笑着不理會，表示這點阿諛並不稀罕，一會兒方輕輕的說：

「我問你，白師傅的大船到了桃源不到？」

郵船水手回答了，婦人又輕輕的問：

「楊金保的船？」

郵船水手又回答了，婦人又繼續問着這個那個。我一面向火一面聽他們說話，卻在心中計算一件事情。小婦人雖同郵船水手談到歲暮年末水面上的情形，但一顆心卻一定在另外一件事情上馳騁。我幾乎本能的就感到了，這個小婦人是正在對我懷着一點傻想頭的。不用驚奇，這不是稀奇事情。我們若稍懂人情，就會明白一張為都市所折磨而成的白臉，同一件稱身軟料細毛衣服，在一個小家碧玉心中所能引起的是一種如何幻想，雙目前的事也便不用多提了。

對於身邊這個小婦人，也正如先前一時對於身邊那個郵船水手一樣，我想不出用個甚麼方法，就可以使這個有了點兒野心與幻想的人，得到她所要得到的東西。其實我在兩件事上皆不能再吝嗇了，因為我對於他們皆十分同情。但試想想看，倘若這個小婦人所希望的是我本身，我這點同情，會不會引起五千里外另一個人的苦痛？我笑了。

……假若我給這水手一筆錢，讓這小婦人同他談一個整夜？

我正那麼計算着，且安排如何來給那個郵船水手錢，使他不至於感覺難為情。

忽然聽那年輕婦人問道：

「牛保那隻船？」

那鄄船水手吐了一口氣，「牛保的船嗎，我們一同上罵娘灘，溜了四次。末後船已上了灘，那攔頭的夥計還同他在互罵，且不知為甚麼互相用篙子亂打亂起來，船又溜下灘去了。看那樣子不是有一個人落水，就得兩個人同時落水。」

有誰發問：「為甚麼？」

鄄船水手感慨似的說：「還不是為那一張×！」

幾個人聽着這件事，皆大笑不已。那年輕小婦人，卻長長地吁了一口氣。

忽然河街上有個老年人嘶聲的喊人：

「夭夭小婊子，小婊子婆，賣×的，你是怎麼的，夾着那兩片小×，一睞眼又跑到哪裏去了！你來！……」

小婦人聽門外街口有人叫她，把小嘴收斂做出一個愛嬌的姿勢，帶着不高興的神氣自言自語說：「叫騾子又叫了。你就叫吧。夭夭小婊子偷人去了！投河吊頸去了！」咬着下唇很有情致的盯了我一眼，拉開門，放進了一陣寒風，人卻衝出去，消失到黑暗不見了。

那鄄船水手望了望小婦人去處那扇大門，自言自語的說：「小婊子偏偏嫁老煙鬼，天曉得！」

於是大家便來談說剛才走去那個小婦人的一切。屋主中年婦人，告給我那小婦人年紀還只十九歲，卻為一個年過五十的老兵所佔有。老兵原是一個煙鬼，雖佔有了她，只要誰有土有財就讓床讓位。至於小婦人呢，人太年輕了點，對於錢毫無用處，卻似乎常常想得很遠很遠。屋主人且為我解釋很遠很遠那句話的意思，給我證明了先前一時我所感覺到的一件事情的真實。原來這小婦人雖生在不能愛好的環境裏，卻天生有種愛好的性格。老煙鬼用名分縛着了她的身體，然而那顆心卻無從拘束。一隻船無意中在碼頭邊停靠了，這隻船又恰恰有那麼一個年青男子，一切派頭都和水手不同，夭夭那顆心，將如何為這偶然而來的人跳躍！屋主人所說的話增加了我對於這個年輕婦人的關心。我還想多知道一點，請求她告給我，我居然又知道了些不應當寫在紙上的事情。到後來，談起命運，那屋主人沉默了，眾人也沉默了。各人眼望着熊熊的柴火，心中玩味着「命運」兩個字的意義，而且皆儼然有一點兒痛苦。

我呢，在沉默中體會到一點「人生」的苦味。我不能給那個小婦人甚麼，也再不作給那水手一點點錢的打算了，我覺得他們的慾望同悲哀都十分神聖，我不配用錢或別的方法滲進他們命運裏去，擾亂他們生活上那一份應有的哀樂。

下船時，在河邊我聽到一個人唱《十想郎》小曲，曲調卑陋，聲音卻清圓悅耳。我知道那是由誰口中唱出且為誰唱的。我站在河邊寒風中癡了許久。

原載一九三四年七月七日天津《大公報·文藝》八十二期

註釋

1 橈：槳。

2 啟碇：開船。

箱子岩

十五年以前，我有機會獨坐一隻小篷船，沿辰河上行，停船在箱子岩腳下。一列青黛嶄削的石壁，夾江高矗，被夕陽烘炙成為一個五彩屏障。石壁半腰約百米高的石縫中，有古代巢居者的遺蹟，石罅隙間橫橫的懸撐起無數巨大橫樑，暗紅色長方形大木櫃尚依然好好的擱在木樑上。岩壁斷折缺口處，看得見人家茅棚同水碼頭，上岸喝酒下船過渡人也得從這缺口通過。那一天正是五月十五，河中人過大端陽節[1]。箱子岩洞窟中最美麗的三隻龍船，早被鄉下人拖出浮在水面上。船隻狹而長，船舷描繪有朱紅線條，全船坐滿了青年槳手，頭腰各纏紅布。鼓聲起處，船便如一支沒羽箭，在平靜無波的長潭中來去如飛。河身大約一里路寬，兩岸皆有人看船，大聲吶喊助興。且有好事者，從後山爬到懸岩頂上去，把「鋪地錦」百子鞭炮從高岩上拋下，盡鞭炮在半空中爆裂，形成一團團五彩碎紙雲塵。嘭嘭嘭嘭的鞭炮聲與水面船中鑼鼓聲相應和，引起人對於歷史回溯發生一種幻想、一點感慨。

當時我心想：多古怪的一切！兩千年前那個楚國逐臣屈原，若本身不被放逐，瘋瘋癲癲來到這種充滿了奇異光彩的地方，目擊身經這些驚心動魄的景物，兩千年來的讀書人，或許就沒有福分讀《九歌》那類文章，中國文學史也就不會如現在的樣子了。在這一段長長歲月中，世界上多少民族皆墮落了，衰老了，滅亡了。即如號稱東亞大國的一片土地，也已經有過多少次被從西北方沙漠中遠來的蠻族，騎了驃壯的馬匹，手持強弓硬弩、長槍大戟，到處踐踏蹂躪！（辛亥革命前夕，在這苗蠻雜處的一個邊鎮上，向土民最後一次大規模施行殺戮的統治者，就是一個北方清朝的宗室！辛亥以後，老袁夢想做皇帝時，又有兩師北老在這裏和滇軍作戰了大半年。）然而這地方的一切，雖在歷史中照樣發生不斷的殺戮、爭奪，以及一到改朝換代時，派人民擔負種種不幸命運，死的因此死去，活的被逼迫留髮、剪髮，在生活上受新朝代種種限制與支配。然而細細一想，這些人根本上又似乎與歷史毫無關係。從他們應付生存的方法與排洩感情的娛樂看上來，竟好像今古相同，不分彼此。這時節我所眼見的光景，或許就和兩千年前屈原所見的完全一樣。

那次我的小船停泊在箱子岩石壁下，附近還有十來隻小漁船，大致打魚人也有玩龍船競渡的，所以漁船上婦女小孩們，精神無不十分興奮，各站在尾梢上或船篷上銳聲呼喊。其中有幾個小孩子，我只擔心他們太快樂興奮了些，會把住家的小船跳沉。

日頭落盡雲影無光時，兩岸漸漸消失在溫柔暮色裏。兩岸看船人吆喝聲越來越少，河面被一片紫霧籠罩，除了從鑼鼓聲中尚能辨別那些龍船方向，此外已別無所見。然而岩壁缺口處卻人聲嘈雜，且聞有小孩子哭聲，有婦女們尖銳叫喚聲，綜合給人一種悠然不盡的感覺。天氣已經夜了，吃飯是正經事。我原先尚以為再等一會兒，那龍船一定就會傍近岩邊來休息，被人拖進石窟裏，在快樂呼喊中結束這個節日了。誰知過了許久，那種鑼鼓聲尚在河面飄蕩着，表示一班人還不願意離開小船，回轉家中。待到我把晚飯吃過後，爬出艙外一望，呀，天上好一輪圓月。月光下石壁同河面，一切如鍍了銀，已完全變換了一種調子。岩壁缺口處水碼頭邊，正有人用廢竹纜或油柴燃着火燎，火光下只見許多穿白衣人的影子移動。問問船上水手，方知道那些人正把酒食搬移上船，預備分派給龍船上人。原來這些青年人白日裏划了一整天船，看船的已慢慢散盡了，划船的還不盡興，並且誰也不願意掃興示弱，先行上岸，因此三隻龍船還得在月光下玩個上半夜。

提起這件事，使我重新感到人類文字語言的貧儉。那一派聲音，那一種情調，真不是用文字語言可以形容的事情。向一個長年身在城市裏住下，以讀讀《楚辭》

就「神往意移」的人，來描繪那月下競舟的一切，更近於徒然的努力。我可以說的，只是自從我把這次水上所領略的印象保留到心上後，一切書本上的動人記載，全看得平平常常，不至於發生任何驚訝了。這正像我另外一時，看過人類許多不同花樣的愚蠢殺戮，對於其餘書上敍述到這件事情時，同樣不能再給我如何感動。

十五年後我又有了機會乘坐小船沿辰河上行，應當經過箱子岩。我想溫習溫習那地方給我的印象，就要管船的不問遲早，把小船在箱子岩下停泊。這一天是十二月七號，快要過年的光景。沒有太陽的陰沉釀雪天，氣候異常寒冷。停船時還只下午三點鐘左右，岩壁上藤蘿草木葉子多已萎落，顯得那一帶斑駁岩壁十分瘦削。懸岩高處紅木櫃，只剩下三四具，其餘早不知到哪裏去了。小船最先泊在岩壁下洞窟邊，冬天水落得太多，洞口已離水面兩三丈以上。我從石壁裂罅爬上洞口，到擱龍船處看了一下，舊船已不知壞了還是早被水沖去了，只見有四隻新船擱在石樑上，船頭還貼有雞血同雞毛，一望就明白是今年方下水的。出得洞口時，見岩下左邊泊定五隻漁船，有幾個老漁婆縮頸斂手在船頭寒風中修補漁網。上船後覺得這樣子太冷落了，可不是個辦法，就又要船上水手為我把小船撐到岩壁斷折處有人家地方去，就便上岸，看看鄉下人過年以前是甚麼光景。

四點鐘左右，黃昏已逐漸腐蝕了山巒與樹石輪廓，佔領了屋角隅。我獨自坐在一家小飯鋪柴火邊烤火。我默默的望着那個火光煜煜的枯樹根，在我腳邊很快樂的燃着，爆炸出輕微的聲音。鋪子裏人來來往往，有些說兩句話又走了，有些就來鑲在我身邊長凳上，坐下吸他的旱煙。有些來烘烘腳，把穿着濕草鞋的腳去熱灰裏亂攪。看看每一個人的臉子，我都發生一種奇異的鄉情。這裏是一群會尋快樂的正直善良的鄉下人，有捕魚的、打獵的，有船上水手和編製竹纜工人。若我的估計不錯，那個坐在我身旁，伸出兩隻手向火，中指節有個放光頂針的，肯定還是一位鄉村裏的成衣人。這些人每到大端陽時節，都得下河去玩一整天的龍船。平常日子特別是隆冬嚴寒天氣，卻在這個地方，按照一種分定[2]，很簡單的把日子過下去。每日看過往船隻搖櫓揚帆來去，看落日同水鳥。雖然也同樣有人事上的得失，到恩怨糾紛成一團時，就陸續發生慶賀或仇殺。然而從整個說來，這些人生活卻彷彿同「自然」已相融合，很從容的各在那裏盡其性命之理，與其他無生命物質一樣，惟在日月升降寒暑交替中放射、分解。而且在這種過程中，人是如何渺小的東西，這些人比起世界上任何哲人，也似乎還更知道的多一些。

聽他們談了許久，我心中有點憂鬱起來了。這些不幸負自然的人，與自然妥協，對歷史毫無擔負，活在這無人知道的地方。另外尚有一批人，與自然毫不妥協，想出種種方法來支配自然，違反自然的習慣，同樣也那麼盡寒暑交替，看日月升降，然而後者卻在慢慢改變歷史，創造歷史。一份新的日月，行將消滅舊的一切。我們用甚麼方法，就可以使這些人心中感覺一種對「明天」的「惶恐」，且放棄過去對自然和平的態度，重新來一股勁兒，用划龍船的精神活下去？這些人在娛樂上的狂熱，就證明這種狂熱能換個方向，就可使他們還配在世界上佔據一片土地，活得更愉快更長久一些。不過有甚麼方法，可以改造這些人的狂熱到一件新的競爭方面去，人可是個費思索的問題。

一個跛腳青年人，手中提了一個老虎牌新桅燈，燈罩光光的，灑着搖着從外面走進了屋子。許多人見了他都同聲叫喚起來：「什長，你發財回來了！好個燈！」

那跛子年紀雖很輕，臉上卻刻畫了一種兵油子的油氣與驕氣，在鄉下人中彷彿身份特高一層。把燈擱在木桌上，大洋洋的坐近火邊來，拉開兩腿攤出兩隻大手烘火，滿不高興的說：「碰鬼，運氣壞，甚麼都完了。」

「船上老八說你發了財，瞞我們。怕我們開借。」

「發了財，哼。用得着瞞你們？本錢去七角，桃源行市只一塊零，除了上下開銷，二百兩貨有甚麼撈頭，我問你。」

這個人接着且連罵帶唱的說起桃源後江娘兒們種種有趣的情形，使得一般人活潑興奮起來。話說得正有興味時，一個人來找他，說：「什長，豬蹄膀燉好了，酒已熱好了。」他搓搓手，說聲有偏[3]各位，提起那個新桅燈就走了。

原來這個青年漢子，是個打魚人的獨生子。三年前被省城裏募兵委員看中了招去，訓練了三個月，就開到江西邊境去同共產黨打仗。打了半年仗，一班兄弟中只剩下他一個人好好的活着，奉令調回後防招募新軍補充時，他因此升了班長。第二次又訓練三個月，再開到前線去打仗。於是碎了一隻腿，抬回省中軍醫院診治，照規矩這隻腿得用鋸子鋸去。一群同鄉都以為從辰州地方出來的家鄉人，「辰州符」比截割高明得多了，信他個洋辦法像話嗎？就把他從醫院中搶出，在外邊用老辦法找人敷水藥治療。說也古怪，不到三個月，那隻腿居然不必截割，全好了。戰爭是個甚麼東西他也明白了。取得了本營證明，領得了些傷兵撫恤費後，於是回到家鄉來，用什長名義受同鄉恭維，又用傷兵名義作點特別生意。這生意也就正是有人可以賺錢，有人可以犯法，政府也設局收稅，也制定法律禁止，又可以殺頭、又可以發財那種從各方面說來都似乎極有出息的生意。我想弄明白那什長的年齡，從那個當地唯一成衣人口中，方知道這什長今年還只二十一歲。那成衣人還說：

「這小子看事有眼睛，做事有魄力，蹶了一隻腿，還會一月一個來回下常德府，吃喝玩樂發財走好運。若兩隻腿全弄壞，那就更好了。」

有個水手插口說：「這是甚麼話。」

「甚麼畫，壁上掛。窮人打光棍，一隻腿打壞了不頂事。如兩隻腿全打壞了，他就不會賣煙土走私賺了錢，再到桃源縣後江玩花姑娘了！」

成衣人末後一句打趣話，把大家都弄笑了。

回船時，我一個人坐在灌滿冷氣的小小船艙中，屈指計算那什長年齡，二十一歲減十五，得到個數目是六。我記起十五年前那個夜裏一切光景，那落日返照，那狹長而描繪朱紅線條的船隻，那鑼鼓與熱情興奮的呼喊……尤其是臨近幾隻小漁船上歡樂跳擲的小孩子，其中一定就有一個今晚我所見到的跛腳什長。唉，歷史是多麼古怪的事物，生硬性癰疽的人，照舊式治療方法，可用一星一點毒藥敷上，盡它潰爛，到潰爛淨盡時，再用藥物使新的肌肉生長，人也就恢復健康了。這跛腳什長，我對他的印象雖異常惡劣，想起他就是一個可以潰爛這鄉村居民靈魂的人物，不由人不寄托一種幻想……

二十年前澧州鎮守使五正雅部隊一個平常馬夫，姓賀名龍，兵亂時，一菜刀切下了一個散兵的頭顱，二十年後就得驚動三省集中十萬軍隊來解決這馬夫。誰個人會注意這小小節日，誰個人想像得到人類歷史是用甚麼寫成的！

原載一九三五年四月《水星》二卷一期

註釋

1 大端陽節：農曆五月十五。
2 分定：命定。
3 有偏：謙詞，先於他人享用時使用。

老伴

我平日想到瀘溪縣時，回憶中就浸透了搖船人催櫓的歌聲，且被印象中一點兒小雨，彷彿把心也弄濕了。這地方在我生活史中佔了一個位置，提起來真使我又痛苦又快樂。

瀘溪縣城界於辰州與浦市兩地中間，上距浦市六十里，下達辰州也恰好六十里。四面是山，對河的高山逼近河邊，壁立拔峰，河水在山峽中流去。縣城位置在洞河與沅水匯流處，小河泊船貼近城邊，大河泊船去城約三分之一里（洞河通稱小河，沅水通稱大河）。洞河來源遠在苗鄉，河口長年停泊了五十隻左右小小黑色洞河船。弄船者有短小精悍的花帕苗，頭包格子花帕，腰圍短短裙子。有白面秀氣的所里人，説話時溫文爾雅，一張口又善於唱歌。洞河既水急山高，河身轉折極多，上行船到此已不適宜於借風使帆。凡入洞河的船隻，到了此地，便把風帆約成一束，作上個特別記號，寄存於城中店鋪裏去，等待載貨下行時，再來取用。由辰州開行的沅水商船，六十里為一大站，停靠瀘溪為必然的事。浦市下行船若預定當天趕不到辰州，也多在此過夜。然而上下兩個大碼頭把生意全已搶去，每天雖有若干船隻到此停泊，小城中商業卻清淡異常。沿大河一方面，一個稍稍像樣的青石碼頭也沒有。船隻停靠都得在泥灘與泥堤下，落了小雨，上岸下船不知要滑倒多少人！

十七年前的七月裏，我帶了「投筆從戎」的味兒，在一個「龍頭大哥」兼「保安司令」的帶領下，隨同八百鄉親，乘了從高村抓封得到的三十來隻大小船舶，浮江而下，來到了這個地方。靠岸停泊時正當傍晚，紫絳山頭為落日鍍上一層金色，乳色薄霧在河面流動。船隻攏岸時搖船人照例促櫓長歌，那歌聲糅合了莊嚴與瑰麗，在當前景象中，真是一曲不可形容的音樂。

第二天，大隊船隻全向下游開拔[1]去了，拋下了三隻小船不曾移動。兩隻小船裝的是舊棉軍服，另一隻小船，卻裝了十三名補充兵，全船上人年齡最大的一個十九歲，極小的一個十三歲。

十三個人在船上實在太擠了。船既不開動，天氣又正熱，擠在船上也會中暑發瘟。因此許多人白日裏盡光身泡在長河清流中，到了夜裏，便爬上泥堤去睡覺。一群小子身上全是空無所有，只從城邊船戶人家討來一大捆稻草，各自紮了一個草枕，在泥堤上仰面。躺了五個夜晚。

這件事對於我個人不是一個壞經驗。躺在尚有些微餘熱的泥土上，身貼大地，仰面向天，看尾部閃放寶藍色光輝的螢火蟲匆匆促促飛過頭頂。沿河是細碎人語聲、蒲扇拍打聲，與煙桿剝剝的敲着船舷聲。半夜後天空有流星曳了長長的光明下墜。灘聲長流，如對歷史有所陳訴埋怨。這一種夜景，實在為我終身不能忘掉的夜景！

到後落雨了，各人競上了小船。白日太長，無法排遣，各自赤了雙腳，冒着小雨，從爛泥裏走進縣城街上去觀光。大街頭江西人經營的布鋪，鋪櫃中坐了白髮皤然老婦人，莊嚴沉默如一尊古佛。大老闆無事可作，只腆着肚皮，叉着兩手，把腳拉開成為八字，站在門限[2]邊對街上檐溜[3]出神。窄巷裏石板砌成的行人道上，小孩子扛了大而樸質的雨傘，響着寂寞的釘鞋聲。待到回船時，各人身上業已濕透，就各自把衣服從身上脱下，站在船頭相互幫忙擰去雨水。天晚了，便滿船是嗆人的油氣與柴煙。

在十三個夥伴中我有兩個極要好的朋友。其中一個是我的同宗兄弟，名叫沈萬林，年紀頂大，與那個在常德府開旅館頭戴水獺皮帽子的朋友，原本同在一個中營游擊衙門裏服務當差，終日栽花養金魚，事情倒也從容悠閒。只是和上面管事頭目合不來，忽然對職務厭煩起來，把管他的頭目打了一頓，自己也被打了一頓，因此就與我們作了同伴。其次是那個年紀頂輕的，名字就叫「開明」，一個趙姓成衣人的獨生子，為人伶俐勇敢，稀有少見。家中雖盼望他能承繼先人之業，他卻夢想作個上尉副官，頭戴金邊帽子，斜斜佩上條紅色值星帶，站在副官處台階上罵差弁[4]，以為十分神氣。因此同家中吵鬧了一次，負氣出了門。這小孩子年紀雖小，心可不小！同我們到縣城街上轉了三次，就看中了一個絨線鋪的和他年齡差不多的女孩子，問我借錢向那女孩子買了三次白棉線草鞋帶子。他雖買了不少帶子，那時節其實連一雙多餘的草鞋都沒有，把帶子買得同我們回轉船上時，他且說：「將來若作了副官，當天賭咒，一定要回來討那女孩子做媳婦。」那女孩子名叫「小翠」，我寫《邊城》故事時，弄渡船的外孫女明慧溫柔的品性，就從那絨線鋪小女孩印象而來。我們各人對於這女孩子印象似乎都極好，不過當時卻只有他一個人特別勇敢天真，好意思把那一點糊塗希望說出口來。

日子過去了三年，我那十三個同伴，有三個人由駐防地的辰州請假回家去，走到瀘溪縣境驛路上，出了意外的事情，各被土匪砍了二十餘刀，流一灘血倒在大路旁死掉了。死去的三人中，有一個就是我那同宗兄弟。我因此得到了暫時還家的機會。

那時節軍隊正預備從鄂西開過四川就食，部隊中好些年輕人一律被遣送回籍。那保安司令官意思就在讓各人的父母負點兒責：以為一切是命的，不妨打發小孩子再歸營報到，擔心小孩子生死的，自然就不必再來了。

我於是和那個夥伴並其他二十多個年輕人，一同擠在一隻小船中，還了家鄉。小船上行到瀘溪縣停泊時，雖已黑夜，兩人還進城去拍打那人家的店門，從那個女孩手中買了一次白帶子。

到家不久，這小子大約不忘卻作副官的好處，藉故說假期已滿，同成衣人爸爸又大吵了一架，偷了些錢，獨自走下辰州了。我因家中無事可作，不辭危險也坐船下了辰州。我到得辰州老參將衙門報到時，方知道本軍部隊四千人，業已於四天前全部開拔過四川，所有相熟夥伴也完全走盡了。我們已不能過四川，改成為留守部人員。留守部只剩下一個上尉軍需官、一個老年上校副官長、一個跛腳小校副官，以及兩班新刷下來的老弱兵士。開明被派作勤務兵，我的職務為司書生，兩人皆在留守部繼續供職。兩人既受那個副官長管轄，老軍官見我們終日坐在衙門裏梧桐樹下唱山歌，以為我們應找點正經事做做，就想出個巧辦法，派遣兩人到附近城外荷塘裏為他釣蛤蟆。兩人一面釣蛤蟆一面談天，我方知道他下行時居然又到那絨線鋪買了一次帶子。我們把蛤蟆從水蕩[5]中釣來，剝了皮洗刷得乾乾淨淨後，用麻線捆着那東西小腳，成串提轉衙門時，老軍官就加上作料，把一半熏了下酒，剩下一半還托同鄉帶回家中丟給老太太享受。我們這種工作一直延長到秋天，才換了另外一種。

過了約一年，有一天，川邊來了個特急電報：部隊集中駐紮在一個小縣城裏，正預備拉夫派捐回湘，忽然當地切齒發狂的平民，受當地神兵煽動，秘密約定由神兵帶頭打先鋒，發生了民變，各自拿了菜刀、鐮刀、撇麻砍柴刀，大清早分頭猛撲各個駐軍廟宇和祠堂來同軍隊作戰。四千軍隊在措手不及情形中，一早上就放翻了三千左右。總部中除那個保安司令官同一個副官僥幸脫逃外，其餘所有高級官佐職員全被民兵砍倒了（事後聞平民死去約七千，半年內小城中隨處還可發現白骨）。這通電報在我命運上有了個轉機，過不久，我就領了三個月遣散費，離開辰州，走到出產香草香花的芷江縣，每天拿了個紫色木戳，過各屠桌邊驗豬羊稅去了。所有八個夥伴已在川邊死去，至於那個同買帶子同釣蛤蟆的朋友呢，消息當然從此也就斷絕了。

整整過去十七年後，我的小船又在落日黃昏中，到了這個地方停靠下來。冬天水落了些，河水去堤岸已顯得很遠，裸露出一大片乾枯泥灘。長堤上有枯葦刷刷作響，陰背地方還可看到些白色殘雪。

石頭城恰當日落一方，雉堞與城樓皆為夕陽落處的黃天，襯出明明朗朗的輪廓，每一個山頭仍然鍍上了金，滿河是櫓歌浮動（就是那使我靈魂輕舉永遠讚美不盡的歌聲）！我站在船頭，思索到一件舊事，追憶及幾個舊人，黃昏來臨，開始佔領了整個空間。遠近船隻全只剩下一些模糊輪廓，長堤上有一堆一堆人影子移動，鄰近船上炒菜落鍋聲音與小孩哭聲雜然並陳。忽然間，城門邊響了一聲賣糖人的小鑼，「鏜……」

一雙發光烏黑的眼珠，一條直直的鼻子，一張小口，從那一槌小鑼聲中重現出來。我忘了這份長長歲月在人事上所發生的變化，恰同小說書本上角色一樣，懷了不可形容的重心，上了堤岸進了城。城中接瓦連椽的小小房子，以及住在這小房子裏的本城人民，我似乎與他們都十分相熟。時間雖已過了十七年，我還能認識城中的道路，辨別城中的氣味。

我居然沒有錯誤，不久就走到了那絨線鋪門前了。恰好有個船上人來買棉線，當他推門進去時，我緊跟着進了那個鋪子。有這樣稀奇的事情嗎？我見到的不正是那個女孩嗎？我真驚訝得說不出話來。十七年前那小女孩就成天站在鋪櫃裏一堵棉紗邊，兩手反覆交換動作挽她的棉線，目前我所見到的，還是那麼一個樣子。難道我如浮士德一樣，當真回到了那個「過去」了嗎？我認識那眼睛、鼻子，和薄薄小嘴。我毫不含糊，敢肯定現在的這一個就是當年的那一個。

「要甚麼呀？」就是那聲音，也似乎極其熟悉。

我指定懸在鈎上一束白色東西，「我要那個！」

如今真輪到我這老軍務來購買繫草鞋的白棉紗帶子了！當那女孩子站在一個小凳子上，去為我取鈎上貨物時，鋪櫃裏火盆中有茶壺沸水聲音，某一處有人吸煙聲音。女孩上辮髮上纏的是一綹白絨線，我心想：「死了爸爸還是死了媽媽？」火盆邊茶水沸了起來，小槅扇門後面有個男子啞聲說話：

「小翠，小翠，水開了，你怎麼的？」女孩子雖已即刻很輕捷靈便的跳下凳子，把水罐挪開，那男子卻仍然走出來了。

真沒有再使我驚訝的事了，在黃暈暈的煤油燈光下，我原來又見到了那成衣人的獨生子！這人簡直可說是一個老人。很顯然的，時間同鴉片煙已毀了他。但不管時間同鴉片煙在這男子臉上刻下了記號，我還是一眼就認定這人便是那一再來到這鋪子裏購買帶子的趙開明。從那點神氣看來，卻決猜不出面前的主顧，正是同他釣蛤蟆的老伴。這人雖作不成副官，另一糊塗希望可終究被達到了。我憬然覺悟他與這一家人的關係，且明白那個似乎永遠年青的女孩是誰的女兒了。我被「時間」意識猛烈的摑了一巴掌，摩摩我的面頰，一句話不說，靜靜的站在那兒看兩父女度量帶子，驗看點數我給他的錢。完事後，我想多停頓一會，又藉故買了點白糖。他們雖不賣白糖，老伴卻十分熱心出門為我向別一鋪子把糖買來。他們那份安於現狀的神氣，使我覺得若用我身份驚動了他，就真是我的罪過。

我拿了那個小小包兒出城時，天已斷黑，在泥堤上亂走。天上有一粒極大星子，閃耀着柔和悅目的光明。我瞅定這一粒星子，目不旁瞬。

「這星光從空間到地球據說就得三千年，閱歷多些，它那麼鎮靜有它的道理。我現在還只三十歲剛過頭，能那麼鎮靜嗎？……」

我心中似乎極其混亂，我想我的混亂是不合理的。我的腳正踏到十七年前所躺臥的泥堤上，一顆心跳躍着，勉強按捺也不能約束自己。可是，過去的，有誰人能攔住不讓它過去，又有誰能制止不許它再來？時間使我的心在各種變動人事上感受了點分量不同的壓力，我得沉默，得忍受。再過十七年，安知道我不再到這小城中來？世界雖極廣大，人可總像近於一種夙命，限制在一定範圍內，經驗到他的過去相熟的事情。

為了這再來的春天，我有點憂鬱，有點寂寞。黑暗河面起了縹緲快樂的櫓歌。河中心一隻商船正想靠碼頭停泊。歌聲在黑暗中流動，從歌聲裏我儼然徹悟了甚麼。我明白「我不應當翻閱歷史，溫習歷史」。在歷史前面，誰人能夠不感惆悵？

但我這次回來為的是甚麼？自己詢問自己，我笑了。我還願意再活十七年，重來看看我能看到難於想像的一切。

原載一九三四年九月《文學》一卷四期

註釋

1 開拔：軍隊離開原駐地，遷往他處。

2 門限：門檻。

3 檐溜：檐上排水處。

4 差弁：警衛。

5 水蕩：淺水湖。

雜文

我讀一本小書同時又讀一本大書

我能正確記憶到我小時的一切，大約在兩歲左右。我從小到四歲左右，始終健全肥壯如一隻小豚。四歲時母親一面告給我認方字，外祖母一面便給我糖吃，到認完六百生字時，腹中生了蛔蟲，弄得黃瘦異常，只得每天用草藥蒸雞肝當飯。那時節我即已跟隨了兩個姊姊，到一個女先生處上學。那人既是我的親戚，我年齡又那麼小，過那邊去唸書，坐在書桌邊讀書的時節較少，坐在她膝上玩的時間或者較多。

到六歲時我的弟弟方兩歲，兩人同時出了疹子，時正六月，日夜皆在嚇人高熱中受苦，又不能躺下睡覺，一躺下就咳嗽發喘，又不要人抱，抱時全身難受，我還記得我同我那弟弟兩人當時皆用竹簟捲好，同春卷一樣，豎立在屋中陰涼處。家中人當時業已為我們預備了兩具小小棺木；擱在院中廊下，但十分幸運，兩人到後居然全好了。我的弟弟病後倔請了一個壯實高大的苗婦人照料，照料得法，他便壯大異常。我因此一病，卻完全改了樣子，從此不再與肥胖為緣了。

六歲時我已單獨上了私塾。如一般風氣，凡是私塾中給予小孩子的虐待，我照樣也得到了一份。但初上學時我因為在家中業已認字不少，記憶力從小又似乎特別好，故比較其餘小孩，可謂十分幸福。第二年後換了一個私塾，在這私塾中我跟從了幾個較大的學生，學會了頑劣孩子抵抗頑固塾師的方法，逃避那些書本去同一切自然相親近。這一年的生活形成了我一生性格與感情的基礎。我間或逃學，且一再說謊，掩飾我逃學應受的處罰。我的爸爸因這件事十分憤怒，有一次竟說若再逃學說謊，便當實行砍去我一個手指。我仍然不為這話所恐嚇，機會一來時總不把逃學的機會輕輕放過。當我學會了用自己眼睛看世界一切，到一切生活中去生活時，學校對於我便已毫無興味可言了。

我爸爸平時本極愛我，我曾經有一時還作過我那一家的中心人物。稍稍害點病時，一家人便光着眼睛不即睡眠，在床邊服侍我，當我要誰抱時誰就伸出手來。家中那時經濟情形很好，我在物質方面所享受到的，比起一般親戚小孩似乎皆好得多。我的爸爸既一面只作將軍的好夢，一面對於我卻懷了更大的希望。他彷彿早就看出我不是個軍人，不希望我作將軍，卻告給我祖父的許多勇敢光榮的故事，以及他庚子年間所得的一分經驗。他以為我不拘作甚麼事，總之應比作個將軍高些。第一個讚美我明慧的就是我的爸爸。可是當他發現了我成天從塾中逃出到太陽底下同一群小流氓遊蕩，任何方法都不能拘束這顆小小的心，且不能禁止我狡猾的說謊時，我的行為實在傷了這個軍人的心。同時那小我四歲的弟弟，因為看護他的苗婦人照料十分得法，身體養育得強壯異常，年齡雖小，便顯得氣派宏大，凝靜結實，且極自尊自愛，故家中人對我感到失望時，對他便異常關切起來。這小孩子到後來也並不辜負家中人的期望，二十二歲時便作了步兵上校。至於我那個爸爸，卻在蒙古，東北，西藏，各處軍隊中混過，民國二十年時還只是一個上校，把將軍希望留在弟弟身上，在家鄉從一種極輕微的疾病中便瞑目了。

我有了外面的自由，對於家中的愛護反覺處處受了牽制，因此家中人疏忽了我的生活時，反而似乎使我方便了一些。領導我逃出學塾，盡我到日光下去認識這大千世界微妙的光，稀奇的色，以及萬匯百物的動靜，這人是我一個張姓表哥。他開始帶我到他家中橘柚園中去玩，到各處山上去玩，到各種野孩子堆裏去玩，到水邊去玩。他教我說謊，用一種謊話對付家中，又用另一種謊話對付學塾，引誘我跟他各處跑去。即或不逃學，學塾為了擔心學童下河洗澡，每度中午散學時，照例必在每人手心中用朱筆寫一大字，我們尚依然能夠一手高舉，把身體泡到河水中玩個半天，這方法也虧那表哥想出的。我感情流動而不凝固，一派清波給予我的影響實在不小。我幼小時較美麗的生活，大部份都與水不能分離。我的學校可以說是在水邊的。我認識美，學會思索，水對我有極大的關係。我最初與水接近，便是那荒唐表哥領帶的。

現在說來，我在作孩子的時代，原本也不是個全不知自重的小孩子。我並不愚蠢。當時在一班表兄弟中和弟兄中，似乎只有我那個哥哥比我聰明，我卻比其他一切孩子解事。但自從那表哥教會我逃學後，我便成為毫不自重的人了。在各樣教訓各樣方法管束下，我不歡喜讀書的性情，從塾師方面，從家庭方面，從親戚方面，莫不對於我感覺得無多希望。我的長處到那時只是種種的說謊。我非從學塾逃到外面空氣下不可，逃學過後又得逃避處罰，我最先所學，同時拿來致用的，也就是根據各種經驗來製作各種謊話。我的心總得為一種新鮮聲音，新鮮顏色，新鮮氣味而跳。我得認識本人生活以外的生活。我的智慧應當從直接生活上得來，卻不需從一本好書一句好話上學來。似乎就只這樣一個原因，我在學塾中，逃學紀錄點數，在當時便比任何一人都高。

離開私塾轉入新式小學時，我學的總是學校以外的，到我出外自食其力時，我又不曾在我職務上學好過甚麼。二十年後我「不安於當前事務，卻傾心於現世光色，對於一切成例與觀念皆十分懷疑，卻常常為人生遠景而凝眸」，這份性格的形成，便應當溯源於小時在私塾中的逃學習慣。

自從逃學成為習慣後，我除了想方設法逃學，甚麼也不再關心。

有時天氣壞一點，不便出城上山裏去玩，逃了學沒有甚麼去處，我就一個人走到城外廟裏去，那些廟裏總常常有人在殿前廊下絞繩子，織竹簟，做香，我就看他們做事。有人下棋，我看下棋。有人打拳，我看打拳。甚至於相罵，我也看着，看他們如何罵來罵去，如何結果。因為自己既逃學，走到的地方必不能有熟人，所到的必是較遠的廟裏。到了那裏，既無一個熟人，因此甚麼事皆只好用耳朵去聽，眼睛去看，直到看無可看聽無可聽時，我便應當設計打量我怎麼回家去的方法了。

來去學校我得拿一個書籃。逃學時還把書籃掛到手肘上，這就未免太蠢了一點。凡這麼辦的可以說是不聰明的孩子。許多這種小孩子，因為逃學到各處去，人家一見就認得出，上年紀一點的人見到時就會說：逃學的人，你趕快跑回家挨打去，不要在這裏玩。若無書籃可不必受這種教訓。因此我們就想出了一個方法，把書籃寄存到一個土地廟裏去，那地方無一個人看管，但誰也用不着擔心他的書籃。

小孩子對於土地神全不缺少必需的敬畏，都信託這木偶，把書籃好好的藏到神座龕子裏去，常常同時有五個或八個，到時卻各人把各人的拿走，誰也不會亂動旁人的東西。我把書籃放到那地方去，次數是不能記憶了的，照我想來，擱的最多的必定是我。

逃學失敗被家中學校任何一方面發覺時，兩方面總得各挨一頓打，在學校得自己把板櫈搬到孔夫子牌位前，伏在上面受笞。處罰過後還要對孔夫子牌位作一揖，表示懺悔。有時又常常罰跪至一根香時間。我一面被處罰跪在房中的一隅，一面便記着各種事情，想像恰如生了一對翅膀，憑經驗飛到各樣動人事物上去。按照天氣寒暖，想到河中的鱖魚被釣起離水以後潑剌[1]的情形，想到天上飛滿風箏的情形，想到空山中歌呼的黃鸝，想到樹木上纍纍的果實。由於最容易神往到種種屋外東西上去，反而常把處罰的痛苦忘掉，處罰的時間忘掉，直到被喚起以後為止，我就從不曾在被處罰中感覺過小小冤屈。那不是冤屈。我應感謝那種處罰，使我無法同自然接近時，給我一個練習想像的機會。

家中對這件事自然照例不大明白情形，以為只是教師方面太寬的過失，因此又為我換一個教師。我當然不能在這些變動上有甚麼異議。現在說來我倒又得感謝我的家中，因為先前那個學校比較近些，雖常常繞道上學，終不是個辦法，且因繞道過遠，把時間耽誤太久時，無可託詞。現在的學校可真很遠很遠了，不必包繞偏街，我便應當經過許多有趣味的地方了。從我家中到那個新的學塾裏去時，路上我可看到針鋪門前永遠必有一個老人戴了極大的眼鏡，低下頭來在那裏磨針。又可看到一個傘鋪，大門敞開，作傘時十幾個學徒一起工作，盡人欣賞。又有皮靴店，大胖子皮匠天熱時總腆出一個大而黑的肚皮，（上面有一撮毛！）用夾板上鞋。又有剃頭鋪，任何時節總有人手托一個小小木盤，呆呆的在那裏盡剃頭師傅刮頭。又可看到一家染坊，有強壯多力的苗人，端在凹形石碾上面，站得高高的，偏左偏右的搖盪。又有三家苗人打豆腐的作坊，小腰白齒頭包花帕的苗婦人，時時刻刻口上都輕聲唱歌，一面引逗縛在身背後包單裏的小苗人，一面用放光的銅勺舀取豆漿。我還必需經過一個豆粉作坊，遠遠的就可聽到騾子推磨隆隆的聲音，屋頂棚架上晾滿白粉條。我還得經過一些屠戶肉案桌，可看到那些新鮮豬肉砍碎時尚在跳動不止。我還得經過一家紮冥器出租花轎的鋪子，有白面無常鬼，藍面魔鬼，魚龍，轎子，金童玉女，每天且可以從他那裏看出有多少人接親，有多少冥器，那些定做的作品又成就了多少，換了些甚麼式樣，並且還常常停頓一兩分鐘，看他們貼金，傅粉，塗色。

我就歡喜看那些東西，一面看一面明白了許多事情。

每天上學時，照例手肘上掛了那個竹籃，裏面放兩本破書，在家中雖不敢不穿鞋，可是一出了大門，即刻就把鞋脫下拿到手上，赤腳向學校走去。不管如何，時間照例是有多餘的，因此我總得繞一節路玩玩。若從西城走去，在那邊就可看到牢獄，大清早若干人從那方面帶了腳鐐從牢中出來，派過衙門去挖土。若從殺人處走過，昨天殺的人還不收屍，一定已被野狗把屍首咋碎或拖到小溪中去了，就走過去看看那個糜碎了的屍體，或拾起一塊小小石頭，在那個污穢的頭顱上敲打一下，或用一木棍去戳戳，看看會動不動。若還有野狗在那裏爭奪，就預先拾了許多石頭放在書籃裏，隨手一一向野狗拋擲，不再過去，只遠遠的看看，就走開了。

既然到了溪邊，有時候溪中漲了小小的水，就把袴管高捲，書籃頂在頭上，一隻手扶書籃一隻手照料褲子，在沿了城根流去的溪水中走去，直到水深齊膝處為止。學校在北門，我出的是西門，又進南門，再繞從城裏大街一直走去。在南門河灘方面我還可以看一陣殺牛，機會好時恰好正看到那老實可憐畜牲放倒的情形。因為每天可以看一點點，殺牛的手續同牛內臟的位置不久也就被我完全弄清楚了。再過去一點就是邊街，有織簟子[2]的鋪子，每天任何時節皆有幾個老人坐在門前用厚背的鋼刀破篾，有兩個小孩子蹲在地上織簟子。（這種事情在學校門邊也有，我對於這一行手藝，所明白的種種，現在說來似乎比寫字還在行。）又有鐵匠鋪，製鐵爐同風箱皆佔據屋中，大門永遠敞開着，時間即或再早一些，也可以看到一個小孩子兩隻手拉着風箱橫柄，把整個身子的分量前傾後倒，風箱於是就連續發出一種吼聲，火爐上便放出一股臭煙同紅光。待到把赤紅的熱鐵拉出擱放到鐵砧上時，這個小東西，趕忙舞動細柄鐵錘，把鐵錘從身背後揚起，在身面前落下，火花四濺的一下一下打着。有時打的是一把刀，有時打的是一件農具。有時看到的又是用一把鑿子在未淬水的刀上起去鐵皮，有時又是把一條薄薄的鋼片嵌進熟鐵裏去。日子一多，關於任何一件機器的製造秩序我也不會弄錯了。邊街又有小飯鋪，門前有個大竹筒，插滿了用竹子削成的筷子，有乾魚同酸菜，用缽頭裝滿放在門前櫃枱上，引誘主顧上門，意思好像是說：「吃我，隨便吃我，好吃！」每次我總仔細看看，真所謂過屠門而大嚼。

我最歡喜天上落雨，一落了小雨，若腳下穿的是布鞋，即或天氣正當十冬臘月，我也可以用恐怕濕卻鞋襪為辭，有理由即刻脫下鞋襪赤腳在街上走路。但最使人開心事，還是落過大雨以後，街上許多地方已被水所浸沒，許多地方陰溝中湧出水來，在這些地方照例常常有人不能過身，我卻赤着兩腳故意向深水中走去。若河中漲了點水，照例上游會漂流得有木頭、家具、南瓜同其他東西，就趕快到橫跨大河的橋上去看熱鬧。橋上必已經有人用長繩繫了自己的腰身，在橋頭上呆着，注目水中，有所等待，看到有一段大木或一件值得下水的東西浮來時，就踴身一躍，騎到那樹上，或傍近物邊，把繩子縛定，自己便快快的向下游岸邊泅去。另外幾個在岸邊的人把水中人援助上岸後，就把繩子拉着，或纏繞到大石上大樹上去，於是第二次又有第二人來在橋頭上等候。我歡喜看人在洄水[3]裏扳罾[4]，巴掌大的活魚在網中蹦跳。一漲了水照例也就可以看這種有趣味的事情。照家中規矩，一落雨就得穿上釘鞋，我可真不願意穿那種笨重釘鞋。雖然在半夜時有人從街巷裏過身，釘鞋聲音實在好聽，大白天對於釘鞋我依然毫無興味。

若在四月落了點小雨，山地裏田塍[5]上各處皆是蟋蟀聲音，真使人心花怒放。在這些時節，我便覺得學校真沒有意思，簡直坐不住，總得想方設法逃學上山去捉蟋蟀。有時沒有甚麼東西安置這小東西，就走到那裏去，把第一隻捉到手後又捉第二隻，兩隻手各有一隻後，就聽第三隻。本地蟋蟀原分春秋二季，春季的多在田間泥裏草裏，秋季的多在人家附近石罅裏瓦礫中，如今既然這東西只在泥層裏，故即或兩隻手心各有一匹小東西後，我總還可以想方設法把第三隻從泥土中趕出，看看若比較手中的大些，即開釋了手中所有，捕捉新的，如此輪流換去，一整天方捉回兩隻小蟲。城頭上有白色炊煙，街巷裏有搖鈴鐺賣煤油的聲音，約當下午三點左右時，趕忙走到一個刻花板的老木匠那裏去，很興奮的同那木匠說：

「師傅師傅，今天可捉了大王來了！」

那木匠便故意裝成無動於中的神氣，仍然坐在高櫈上玩他的車盤，正眼也不看我的說：「不成，要打打得賭點輸贏！」

我說：「輸了替你磨刀成不成？」

「嗨，夠了，我不要你磨刀，上次磨鑿子還磨壞了我的傢伙！」

這不是冤枉我的一句話，我上次的確磨壞了他的一把鑿子。不好意思再說磨刀了，我說：

「師傅，那這樣辦法，你借給我一個瓦盆子，讓我自己來試試這兩隻誰能幹些好不好？」我說這話時真怪和氣，為的是他以逸待勞，不允許我還是無辦法。

那木匠想了想，好像莫可奈何的樣子：「借盆子得把戰敗的一隻給我，算作租錢。」

我滿口答應：「那成那成。」

於是他方離開車盤，很慷慨的借給我一個泥罐子，頃刻之間我也就只剩下一隻蟋蟀了。這木匠看看我捉來的蟲還不壞，必向我提議：「我們來比比，你贏了，我借你這泥罐一天；你輸了，你把這蟋蟀輸給我，辦法公平不公平？」我正需要那麼一個辦法，連說公平公平，於是這木匠進去了一會兒，拿出一隻蟋蟀來同我一鬥，不消說，三五回合我的自然又敗了。他用的蟋蟀照例卻常常是我前一天輸給他的。那木匠看看我有點頹喪，明白我認識那匹小東西，擔心我生氣時一摔，一面趕忙收拾盆罐，一面帶着鼓勵我神氣笑笑的說：

「老弟，老弟，明天再來，明天再來！你應當捉好的來，走遠一點。明天來，明天來！」

我甚麼話也不說，微笑着，出了木匠的大門，回家了。

這樣一整天在為雨水泡軟的田塍上亂跑，回家時常常全身是泥，家中當然一望而知，於是不必多說，沿老例跪一根香，罰關在空房子裏，不許哭，不許吃飯。等一會兒我自然可以從姊姊方面得到充飢的東西，悄悄的把東西吃下以後，我也疲倦了，因此空房中即或再冷一點，老鼠來去很多，一會兒就睡着，再也不知道如何上床的事了。

即或在家中那麼受折磨，到學校去時又免不了補挨一頓板子，我還是在想逃學時就逃學，決不為經驗所恐嚇。

有時逃學又只是到山上去偷人家園地裏的李子枇杷，主人拿着長長的竹杆子大罵着追來時，就飛奔而逃，逃到遠處一面吃那個贓物，一面還唱山歌氣那主人。總而言之，人雖小小的，兩隻腳跑得很快，甚麼茨棚裏鑽去也不在乎，要捉我可捉不到，就認為這種事很有趣味。

可是只要我不逃學，在學校裏我是不至於像其他那些人受處罰的。我從不用心唸書，但我從不在應當背誦時節無法對付。許多書總是臨時來讀十遍八遍，背誦時節卻居然琅琅上口，一字不遺。也似乎就由於這份小小聰明，學校把我同一般人的待遇，更使我輕視學校。家中不了解我為甚麼不想上進，不好好的利用自己聰明用功，我不了解家中為甚麼只要我讀書，不讓我玩。我自己總以為讀書太容易了點，把認得的字記記那不算甚麼稀奇。最稀奇處應當是另外那些人，在他那份習慣下所做的一切事情。為甚麼騾子推磨時得把眼睛遮上？為甚麼刀得燒紅時在水裏一淬方能堅硬？為甚麼雕佛像的會把木頭雕成人形，所貼的金那麼薄又用甚麼方法作成？為甚麼小鋼匠會在一塊銅板上鑽那麼一個圓眼，刻花時刻得整整齊齊？這些古怪事情太多了。

我生活中充滿了疑問，都得我自己去找尋答解。我要知道的太多，所知道的又太少，有時便有點發愁。就為的是白日裏太野，各處去看，各處去聽，還各處去嗅聞：死蛇的氣味，腐草的氣味，屠戶身上的氣味，燒碗處土窯被雨以後放出的氣味，要我說來雖當時無法用言語去形容，要我辨別卻十分容易。蝙蝠的聲音，一隻黃牛當屠戶把刀剸進牠喉中時嘆息的聲音，藏在田塍土穴中大黃喉蛇的鳴聲，黑暗中魚在水面潑剌的微聲，全因到耳邊時分量不同，我也記得那麼清清楚楚。因此回到家裏時，夜間我便做出無數稀奇古怪的夢。這些夢直到將近二十年後的如今，還常常使我在半夜裏無法安眠，既把我帶回到那個「過去」的空虛裏去，也把我帶往空幻的宇宙裏去。

在我面前的世界已夠寬廣了，但我似乎就還得一個更寬廣的世界。我得用這方面弄到的知識證明那方面的疑問。我得從比較中知道誰好誰壞。我得看許多業已由於好詢問別人，以及好自己幻想，所感覺到的世界上的新鮮事情，新鮮東西。結果能逃學我逃學，不能逃學我就只好做夢。

照地方風氣說來，一個小孩子野一點的照例也必需強悍一點，因此各處方能跑去。各處跑去皆隨時會有一樣東西在無意中撲到你身邊來，或是一隻兇惡的狗，或是一個頑劣的人。無法抵抗這點襲擊，就不容易各處自由放蕩。一個野一點的孩子，即或身邊不必時時刻刻帶一把小刀，也總得帶一削光的竹塊，好好的插到袴帶上；遇機會到時，就取出來當作軍器，尤其是到一個離家較遠的地方去看木傀儡戲，不準備廝殺一場簡直不成。你能幹點，單身往各處去，有人挑戰時還只是一人近你身邊來惡鬥，若包圍到你身邊的頑童人數極多，你還可挑選同你精力不大相差的一人；你不妨指定其中之一個說：

「要打嗎？你來。我同你來。」

到時也只那一個人攏來，被他打倒，你活該，只好伏在地上盡他壓着痛打一頓。你打倒了他，他活該，你把他揍夠後你當時可以自由走去，誰也不會追你，只不過說句「下次再來」罷了。

可是你根本上若就十分怯弱？即或結伴同行，到甚麼地方去時，也會有人特意挑出你來毆鬥，應戰你得吃虧，不答應你得被仇人與同伴兩方面奚落，頂不經濟。

感謝我那爸爸給了我一份勇氣，人雖小，到甚麼地方去我總不嚇怕。到被人圍上必需打架時，我能挑出那些同我不差多少的人來，我的敏捷同機智，總常常佔點上風。有時氣運不佳，無意中被人摔倒，我還會有方法翻身過來壓到別人身上去。在這件事上我只吃過一次虧，不是一個小孩，卻是一隻惡狗，把我攻倒後，咬傷了我一隻手。我走到任何地方去皆不怕誰，同時又換了好些私塾，各處皆有些同學，並且互相皆逃過學，便有無數朋友，因此也不會同人打架了。可是自從被那隻惡狗攻過一次以後，到如今我卻依然十分怕狗。

至於我那地方的大人，用單刀在大街上決鬥本不算回事。事情發生時，那些有小孩子在街上玩的母親，也不過說：「小雜種，站遠一點，不要太近！」囑咐小孩子稍稍站開點兒罷了。但本地軍人互相砍殺雖不出奇，行刺暗算卻不作興。這類善於毆鬥的人物，在當地另成一組，豁達大度，謙卑接物，為友報仇，愛義好施，且多非常孝順。但這類人物為時代所陶冶，到民五以後也就漸漸消滅了，雖有些青年軍官還保存那點風格，風格中最重要的一點灑脫處，卻為了軍紀一類影響，大不如前輩了。

我有三個堂叔叔，皆住在城南鄉下，離城四十里左右那地方名黃羅寨，出強悍的人同猛鷙的獸，我爸爸三歲時在那裏差一點險被老虎咬去，我四歲左右，到那裏第一天，就看見鄉下人抬了一隻死虎進城，給我留下極深刻的印象。

我還有一個表哥，住在城北十里地名長寧哨的鄉下，從那裏再過十里便是苗鄉。表哥是一個紫色臉膛的人，一個守碉堡的戰兵。我四歲時被他帶到鄉下去過了三天，二十年後還記得那個小小城堡黃昏來時鼓角的聲音。

這戰兵在苗鄉有點勢力，很能喊叫一些苗人。每次來城時，必為我帶一隻小雞或一點別的東西。一來為我說苗人故事，臨走時我總不讓他走。我歡喜他，覺得他比鄉下叔父有趣。

註釋

1 潑剌：魚亂蹦亂跳，或擬水拍擊聲。
2 簟子：竹席。
3 洄水：迴旋的水流。
4 扳罾：拉罾網捕魚。
5 田塍：田埂。

我的寫作與水的關係*

在我一個自傳裏，我曾經提到過水給我的種種印象。檐溜，小小的河流，汪洋萬頃的大海，莫不對於我有過極大的幫助，我學會用小小腦子去思索一切，全虧得是水，我對於宇宙認識得深一點，也虧得是水。

「孤獨一點，在你缺少一切的時節，你就會發現原來還有個你自己。」這是一句真話。我有我自己的生活與思想，可以說是皆從孤獨得來的。我的教育，也是從孤獨中得來的。然而這點孤獨，與水不能分開。

年紀六歲七歲時節，私塾在我看來實在是個最無意思的地方。我不能忍受那個逼窄的天地，無論如何總得想出方法到學校以外的日光下去生活。大六月裏與一些同街比鄰的壞小子，把書籃用草標各作下了一個記號，擱在本街土地堂的木偶身背後，就灑着手與他們到城外去，攢入高可及身的禾林裏，捕捉禾穗上的蚱蜢，雖肩背為烈日所烤炙，也毫不在意。耳朵中只聽到各處蚱蜢振翅的聲音，全個心思只顧去追逐那種綠色黃色跳躍伶便的小生物。到後看看所得來的東西已盡夠一頓午餐了，方到河灘邊去洗濯，拾些乾草枯枝，用野火來燒烤蚱蜢，把這些東西當飯吃。直到這些小生物完全吃盡後，大家於是脱光了身子，用大石壓着衣褲，各自從懸崖高處向河水中躍去。就這樣泡在河水裏，一直到晚方回家去，挨一頓不可避免的痛打。有時正在綠油油禾田中活動，有時正泡在水裏，六月裏照例的行雨來了，大的雨點夾着嚇人的霹靂同時來到，各人匆匆忙忙逃到路坎旁廢碾坊下或大樹下去躲避，雨落得久一點，一時不能停止，我必一面望着河面的水泡，或樹枝上反光的葉片，想起許多事情。……所捉的魚逃了，所有的衣濕了，河面溜走的水蛇，釘固在大腿上的螞蟥，碾坊裏的母黃狗，掛在轉動不已大水車上的起花人腸子，因為雨，制止了我身體的活動，心中便把一切看見的經過的皆記憶溫習起來了。

也是同樣的逃學，有時陰雨天氣，不能向河邊走去，我便上山或到廟裏去，在廟前廟後樹林或竹林裏，爬上了這一株，到上面玩玩後，又溜下來爬另外一株。若所爬的是竹子，必在上面搖盪一會，爬的是樹木，便看看上面有無鳥巢或啄木鳥孵卵的孔穴。雨落大了，再不能作這種遊戲時，就坐在楠木樹下或廟門前石階上看雨。既還不是回家的時候，一面看雨一面自然就需要溫習那些過去的經驗，這個日子方能發遣開去。雨落得越長，人也就越寂寞。在這時節想到一切好處也必想到一切壞處。那麼大的雨，回家去說不定還得全身弄濕，不由得有點害怕起來，不敢再想了。我於是走到廟廊下去為作絲線的人牽絲，為製棕繩的人搖繩車。這些地方每天照例有這種工人作工，而且這種工人照例又還是我很熟習的人。也就因為這種雨，無從掩飾我的劣行，回到家中時，我便更容易被罰跪在倉屋中。在那間空洞寂寞的倉屋裏，聽着外面檐溜滴瀝聲，我的想像力卻更有了一種很好訓練的機會。我得用回想與幻想補充我所缺少的飲食，安慰我所得到的痛苦。我因恐怖得去想一些不使我再恐怖的生活，我因孤寂又得去想一些熱鬧事情方不至於過份孤寂。

到十五歲以後，我的生活同一條辰河[1]無從離開，我在那條河流邊住下的日子約五年。這一大堆日子中我差不多無日不與河水發生關係。走長路皆得住宿到橋邊與渡頭，值得回憶的哀樂人事常是濕的。至少我還有十分之一的時間，是在那條河水正流與支流各樣船隻上消磨的。從湯湯[2]流水上，我明白了多少人事，學會了多少知識，見過了多少世界！我的想像是在這條河水上擴大的。我把過去生活加以溫習，或對未來生活有何安排時，必依賴這一條河水。這條河水有多少次差一點兒把我攫去，又幸虧他的流動，幫助我作着那種橫海揚帆的遠夢，方使我能夠依然好好的在人世中過着日子！

再過五年，我手中的一支筆，居然已能夠盡我自由運用了，我雖離開了那條河流，我所寫的故事，卻多數是水邊的故事。故事中我所最滿意的文章，常用船上水上作為背影，我故事中人物的性格，全為我在水邊船上所見到的人物性格。我文字中一點憂鬱氣氛，便因為被過去十五年前南方的陰雨天氣影響而來，我文字風格，假若還有些值得注意處，那只因為我記得水上人的言語太多了。

再過五年後，我的住處已由乾燥的北京移到一個明朗華麗的海邊。海既那麼寬泛無涯無際，我對人生遠景凝眸的機會便較多了些。海邊既那麼寂寞，他培養了我的孤獨心情。海放大了我的感情與希望，且放大了我的人格。

載《我與文學》

*本篇發表於《文學》一週年紀念特輯，一九三四年七月上海生活書店以《我與文學》為書名初版，署名沈從文。收入《廢郵存底》一書時被刪去原作前二段文字：

我可以說是與文學毫無關係的一個人，在這種題目上來說話，真是無話可說的。第一，我看不懂正在研究文學的人所作的文章；第二，我弄不明白許多作家教人作文章的方法；第三，我猜不透一些從事於文學事業的人自己登龍為人畫虎的作用。近十年來我雖寫了一大堆小說，但那並不算個甚麼，這不過從生活上，我經過的是與人稍稍不同的生活，從書本上，我又恰恰讀了一些很雜亂的書，加之在軍營裏作書記時，我學得一種老守在桌邊的「靜」，過去日子又似乎過的十分「閒」，所以就寫成了那麼些小說故事罷了。

但在我的工作上，照一般稱呼說來既算得是「文學事業」，這事業要來追究一下，解釋一下，或對於比我年青一點的朋友，多少有點用處。我可以說的，是我這個工作的基礎，並不建築在「一本合用的書」或「一堆合用的書」上，因為它實在卻只是建築在「水」上。

註釋

1 辰河：沅水。
2 湯湯：水流盛大。

情緒的體操*

先生：

我接到你那封極客氣的信了，很感謝你。你說你是我作品唯一的讀者，不錯。你讀得比別人精細，比別人不含糊，我承認。但你我之間終有種距離，並不因你那點同情而縮短。你討論散文形式同意義，雖出自你一人的感想，卻代表了多數讀者的意見。

我文章並不罵誰諷誰，我缺少這種對人苛刻的興味。我文章並不在模仿誰，我讀過的每一本書上的文字我原皆可以自由使用。我文章並無何等哲學，不過是一堆習作，一種「情緒的體操」罷了。是的，這是一種體操，屬於精神或情感那方面的。一種使情感「凝聚成為淵潭，平鋪成為湖泊」的體操。一種「扭曲文字試驗它的韌性，重摔文字試驗它的硬性」的體操。你厭煩體操是不是？我知道你覺得這兩個字眼兒不雅相，不斯文。它使你聯想到鐵牛，水牛。那個人的體魄威脅了你。你想到青年會，柚木櫃枱裏的辦事人，一點喬裝的謙和，還有點兒俗，有點兒諂媚。

你想起「美人魚」，從相片上看來人已胖多了。……

可是，你不說你是一個「作家」嗎？不是說「文字越來越沉，思想越來越澀」？先生，一句話：這是你讀書的過錯。你的書本知識可以嚇學生，騙學生，卻不能幫助你寫一個短短故事，達到精純完美。你讀的書雖多，那一大堆書可不消化，它不能營養你反而累壞了你。你害了精神上的傷食病。腦子消化不良，曬太陽，吃藥，皆毫無益處。你缺少的就正是那個情緒的體操！你似乎簡直就不知道這樣一個名詞，以及它對於一個作家所包含的嚴重意義。打量換換門徑來寫詩？不成。痼疾還不治好以前，你一切設計皆等於白費。

你得離開書本獨立來思索，冒險向深處走，向遠處走。思索時你不能逃脫苦悶，可用不着過份擔心，從不聽說一個人會溺斃在自己思索裏。你不妨學學情緒的散步，從從容容，五十米，兩百米，一哩，三哩，慢慢的向無邊際一方走去。只管向黑暗裏走，那方面有得是炫目的光明。你得學控馭感情，才能夠運用感情。你必需靜，凝眸先看明白了你自己。你能夠冷方會熱。

文章風格的獨具，你覺得古怪，覺得迷人，這就證明你在過去十年中寫作方法上精力的徒費。一個作家在他作品上製造一種風格，還不是極容易事情？你讀了多少好書，書中甚麼不早先提到？假若這是符咒，你何嘗不可以好好地學一學，自己來製作這些符咒？好在我還記起你那點「消化不良」，不然對於你這博學而無一能真會感到驚奇。你也許過份使用過了你的眼睛，卻太吝嗇了你那其餘官能。誰能否認你有個魂靈，但那是發育不全的靈魂。你文章縱努力也是永久貧乏無味。你自己比別人許更明白那點糟處，直到你自己能夠鼓足勇氣，來在一個陌生人面前承認，請想想，這病已經到了甚麼樣一種情形！

一個習慣於情緒體操的作者，服侍文字必覺得比服侍女人還容易。因為文字能服從你自己的「意志」，只要你真有意志。至於女人呢？她樂於服從你的「權力」。也許……得了，不用提。你的事恰恰同我朋友××一樣：你愛上藝術他卻傾心了一個女人。皆願意把自己故事安排得十分合理，十分動人。皆想接近那個「神」，皆自覺行為十分莊嚴，其實處處卻充滿了呆氣。我那朋友到後來終於很愚蠢的自殺了，用死證實了他自己的無能。你並不自殺，只因為你的失敗同失戀在習慣上是兩件事。你說你很苦悶，我知道你的苦悶。給你很多的同情可不合理，世界上像你這種人太多了。

你問我關於寫作的意見，屬於方法與技術上的意見，我可說的還是勸你學習學習一點「情緒的體操」，讓它把你十年來所讀的書消化消化，把你十年來所見的人事也消化消化。你不妨試試看。把日子稍稍拉長一點，把心放靜一點。到你能隨意調用字典上的文字，自由創作一切哀樂故事時，你的作品就美了，深了，而且文字也有熱有光了。你不用害怕空虛，事實上使你充實結實還靠得是你個人能夠不怕人事上「一切」。你不妨為任何生活現象所感動，卻不許被那個現象激發你到失去理性。你不妨揮霍文字，浪費詞藻，卻不許自己為那些華麗壯美文字臉紅心跳。你寫不下去，是不是？照你那方法自然無可寫的。你得習慣於應用一切官覺，就因為寫文章原不單靠一隻手。你是不是盡嗅覺盡了他應盡的義務，在當鋪朝奉以及公寓夥計兩種人身上，辨別得出他們那各不相同的味兒？你是不是睡過五十種床，且曾經溫習過那些床鋪的好壞？你是不是……

你嫌中國文字不夠用，不合用，別那麼説。許多人皆用這句話遮掩自己的無能。你把一部字典每一頁皆翻過了嗎？很顯然的，同旁人一樣，你並不作過這件事。你想造新字，描繪你那新的感覺，這只像是一個病人欺騙自己的話語。跛了腳，不能走動時，每每告人正在設計製造翅膀輕舉高飛。這是不切事實的胡説，這是夢境。第一你並沒有那個新感覺，第二你造不出甚麼新符咒。放老實點，切切實實治一治你那個肯讀書卻被書籍壅塞了腦子壓斷了神經的毛病！不拿筆時你能「想」，不能想時你得「看」，筆在手上時你可以放手「寫」，如此一來，你的大作活潑起來了，放光了。到那個時節，你將明白中國文字並不如一般人說的那麼無用。你不必用那個盾牌掩護自己了。你知道你所過目的每一本書上面的好處，記憶它，應用它，皆極從容方便，你也知道風格特出，故事調度皆太容易了。

你試來做兩年看看。若有耐心還不妨日子更多一點。不要覺得這份日子太長遠，這只是一個學習理髮小子滿師的年限。你做的事應當比學理髮日子還短，是不是？我問你。

*本篇發表於一九三四年十一月十日《水星》第一卷第二期。後收入《廢郵存底》（上海文化生活出版社一九三七年版）。《廢郵存底》所收錄的是沈從文寫給不同對象的一組書信，其中很多內容和文學創作相關。〈情緒的體操〉談論的是沈從文對寫作的獨特看法，沈從文非常重視情感在藝術創作中的作用，因此將文學視為「情緒的體操」，要求容許作者注入「詩的抒情」。他在〈短篇小說〉一文中也強調了這一觀點：「一切藝術都容許作者注入一種詩的抒情，短篇小說也不例外。……尤其是詩人那點人生感觸，如果成為一個作者寫作的動力時，作品的深刻性就必然因之增加。」

談英雄崇拜*

本刊第四期有一篇文章，題名〈論英雄崇拜〉，陳銓先生寫的。本意給國人打氣，對「英雄」有所讚美，用意自然很好。對於「英雄」含義文章中雖曾説過是各式各樣的領袖，惟內容所指的還是代表武力與武器的使用者，對面自然就是代表讀書人的「士大夫」，於是很感慨的説，中國讀書人太不崇拜英雄。既提起讀書人，要找出一個原因，所以又説，這是由於「五四」的結果！為甚麼？為的是「五四」提倡「民治主義」與「科學精神」，養成了士大夫的壞脾氣，腐化而且墮落。近代教育教壞了這些讀書人，反不如過去受了點通俗小説教育的武裝同志表現得動人。我們要崇拜英雄，不然就是個卑鄙小人。有對這種崇拜加以嘲笑的，也是卑鄙之徒。英雄究竟是怎麼回事？康德説，英雄有壯美感，使人生神秘敬懼之忱，無條件拜倒；他要你死，你必樂於死去無疑。……斷章取義不是本文寫作目的，不過那篇文章給個人讀後印象，卻不免如此。陳先生解釋英雄崇拜時是援引康德、尼采意見，論及中國缺少英雄崇拜時是提及近二十年事，死文字與活事實相互映照，想使它不發生抵觸，至少在修辭上還值得細心一些。不然，給人印象或不免失去了執筆本來意思。個人是個不大「崇拜英雄」的人，但想想也還不像「卑鄙小人」，有些與陳先生不同意見，特寫出來作為對這問題有興趣的讀者參考。

中國舊書中論及英雄時，劉劭《人物志》說的大有意思。他說能控制一切而持其柄，統率文武，使用材器各得其宜，可以謂之「英雄」。這種英雄觀很顯明，到如今還適用，真英雄換言之就是「真的領袖」，並不是「萬能法師」。我們生於二十世紀，對待這麼一個英雄，自然也只是大事信託，由信託而生敬重，不必迷信崇拜，尊之若神。正因為明白英雄只是一個「人」，與我們相差處並非「頭腦萬能」，不過「有權據勢」。維持他的權柄，發展他的偉大，並不靠群眾單純的崇拜，靠的倒是中層分子各方面的熱誠合作！二十世紀兩個近代化的國家領袖，羅斯福和斯太林，所謂作領袖的意義，便是如此。個人權力儘管其大無比，事實上各事有人負責，個人不過居於提綱挈領的地位，總其大成而已。讀書人對於他崇拜不崇拜，是無所謂的。

提及英雄崇拜時，陳先生引用百十年前叔本華、尼采一類人對於這個名詞所作的抒情說明，與時代實不大相合。這些人的英雄觀多屬「超人」，配上拿破崙的性格風度倒剛好合適。這種英雄於戰爭中必騎一匹高大雄駿的白馬，在山頭大纛[1]下據鞍顧盼，群眾則野戰格鬥，破陣陷敵，有進無退。可惜時代已過去了。慕索里尼和希特拉兩位要人，在群眾大會拍攝新聞電影片時，雖尚傾心這種古典英雄風度，裝作雄雞姿式，已不免令人發笑。若在法比戰場上最前線，我敢同任何人賭東道[2]，這兩位偉人就決不會比一個二等兵樂意把頭多昂起一英寸！這就叫作時代不合，偉大意義也不會相同。英雄崇拜若近於群眾宗教情緒與浪漫情緒之歸納集中，近代使用的方式是分散到社會各方面去，已經成為一種習慣。玩球的，跑車的，爬山的，游水的，無不可以引起這種集中的作用。英國封一個戲子作爵士，瑞典給一個電影女演員大勳章，這是國家有意從娛樂群眾分子中產生英雄的一例。羅斯福為了表示偉大，有時會為足球比賽發發球，斯太林為了表示偉大，大排場款待從北極探險回來的水手，這又是現代偉大意義不同的另一例子。末後二事值得注意處，便是真的領袖都有意將英雄崇拜情緒轉移到娛樂或致用分子方面去，個人卻承受了「民治主義」一個對於「人」的原則，「領袖也是一個人，並不是神。」他要人相近，不要人離遠。要群眾信託愛敬，不要迷信崇拜。

這其實從國內近事也可看出。陳先生很感慨的說「中國讀書人太不崇拜英雄」，倒恰恰與夠得上他所稱為英雄的蔣先生及李白胡陳諸將軍，感於切迫需要知識階級合作幫忙成一對照。陳先生以為抗戰建國主要條件是「英雄崇拜」，這些受崇拜者經驗多一些，卻明白事情並不那麼簡單。他們已從各種團體左獻一面錦旗右拍一通電報清楚崇拜的意義和限制，這是不成的！談抗戰，一個戰線上若用十師兵力作戰，攻守進退需要的全是知識，並不單憑個人勇敢熱忱與不相干的多數崇拜所能濟事！上層機構要一個健全的參謀組織供給意見，下級單位要一個完備的交通組織接濟彈械和給養，整個勝敗都決定於知識在空間時間上運用是否得法。就為了勇敢有餘知識不足，才用外國軍事顧問，求助於客卿！至於談建國，那更非知識不可。說到建國我們會聯想到中山先生本人和他的建國大綱。他本人的一生行為，就是要人「相信」，不是要人「迷信」的。這個大著的草成，就有許多意見實抑衷於老同志與許多書本而來。他就是個「人」，不是神秘不可思議的「神」。

個人以為時代到了二十世紀，神的解體是一件自然不過的事情。他雖解體卻並不妨礙建國。如有人從一個政治哲學新觀點，感覺東方的中國，宗教情緒的散漫十分可惜，神的再造有其必要，這問題大，決不是單純的英雄崇拜即可見功。在政治設計上想歸納或消解群眾宗教情緒與傳奇幻想，神的重造方式正好從近三十年世界取法，這種「致用」之神不妨用分散與泛神方法，從群眾中造偶像，將各種思想觀念手足勞動上有特殊成就的，都賦予一種由尊敬產的神性，不必集中到一個「偉人」身上。若真的以一個人具神性為中心，使群眾由驚覺神秘而拜倒，尤其是使士大夫也如陳先生所描寫的無條件拜倒，這國家還想現代化，能現代化？稍有常識的人看來，就知道是不可能也不必需的！

陳先生提起英雄崇拜時，又舉示當前兵士作戰為例，以為全得力於老式通俗文學小說戲劇的英雄崇拜的好處。且贅語說虧的是這些人不受普通教育。這種意見由賽珍珠[3]說來，並不可笑，因為她是個外國人，不明白中國事情。若由現代中國人說來，似乎不大近情合理。因為這完全是兩件事，勉強敷會，不啻說明陳先生既不明白舊小說是甚麼，也不知道現代戰爭是甚麼。若說舊小說的影響，張宗昌、韓復榘倒是兩個典型英雄崇拜者。其次是近三十年來所有土匪都用「逼上梁山」一辭作藉口，合夥吃血酒時且照例引用「桃園結義」典故。崇拜之中就無不有個「個人本位」意識，與文中所舉康德稱藝術中的壯美崇拜全不相干。更不曾培養陳先生所理想的由驚覺神秘而來的崇拜情緒。宗教的虔誠由堅信而發宏嚴，犧牲一切以赴之，在中國唐代的大德高僧玄奘行傳，倒有點相彷彿，但這就只有讀書人能領略！若一改成說部的場面，群眾就只關心到他進蒸籠被妖精蒸吃時，是否能夠得救諧謔惶恐了。通俗小說雖有些民族英雄故事，若把當前兵士抗戰，認為由這些小說薰陶而來，與事實相去實在太遠。

陳先生又說，英雄崇拜在讀書人方面表現不好，實由於「五四」以來提倡「民治主義」同「科學精神」，個人主義抬頭，士大夫因之更腐化，社會因之更極端紊亂，所以再不會崇拜英雄。在戰爭中提倡英雄崇拜自然很有意義，不過若涉及知識階級，且認為他們腐化墮落時，似乎還要分析分析不宜過於籠統。英雄崇拜情緒，在知識階級中不發揚原因，前面已經說及，加上社會進步分工分業的結果，英雄名分與事實已不能由「騎士」獨佔，即在戰爭中依然被各種職業出類拔萃分子分享，是一件明白不過的事情。陳先生卻簡簡單單以為是「五四」的提倡「民治主義」與「科學精神」結果，這倒是很新的意見。意見雖然新，卻很容易像清末民初遺老的口吻。怎麼會這樣想而且把他寫出來？這時雖是戰時，要頌揚武人的武德武功方法也很多，實不必如此曲解過去！中國為了適應環境，在這個大戰時代，或者會拋棄民主政治形式，變成一個集權的組織，這組織無所謂左無所謂右是可能的，但這與二十年前的讀書人作的社會改造運動是無衝突的。二十年前的改造運動，從最小處言，很明顯即因工具運動（文體改革）成功，通俗小說中的舊的如《封神演義》，新的如《玉梨魂》等書，方起新陳代謝作用，代替而來產生冰心，茅盾，丁玲，或陳銓的作品。「團結」「統一」「抗戰」「建國」這類名辭，由抽象而具體，與工具的能盡其用也大有關係。陳先生說「五四的流弊是更進一步使中國士大夫階級墮落腐敗」，何所見而云然？這士大夫若指晚清遺老，民初議會諸公，人老了，老而不死，體力復竭，手邊又還有幾個錢，在家納福，只等待莊子所謂「息我以死」，事極自然。這些人實與「五四」毫不相干。若指因「五四」而起的人物，這些人大多數是當前社會負責者，一部份以書家身份從政，作公務員，一部份或辦教育，或作學術研究，工作都相當忙，收入又相當少，守職盡分，近十年來中國見出一點進步成績，都可說是這種中層分子的貢獻。這些人受事實環境限制，能守職不能創業，事或有之，至於腐化墮落，實說不上，因這種人即欲腐化墮落，好吃懶做，亦不可能也。這種人一部分在學校教書，與社會略隔一層，或在大時代中尚只天真爛漫夢想中國政體忽然憑空變成英美方式，雖盡做白日夢，卻又不能如何努力來實現夢想。但這與另外一種貌作有思想有眼光的活動分子，在另外一個觀點上做白日夢，以為我們中國還必需流血革命，成為社會主義國家即有辦法，其天真鄰於糊塗，豈不是半斤八兩？

陳先生又說「五四造成了士大夫無人格，無信仰，虛偽矯飾阿諛逢迎的風氣」，且以為「貪婪愛錢是共通風氣」，說的也有點近於籠統含混。若指辦教育的，與事實不大以相合。若指「文臣」意即官吏公務員，這一點也得弄個清楚，人格信仰範圍指甚麼而言？至於官場中逢迎阿諛，實是一件老故事，與「帝制」不可分，也可說與歷史不可分，古語「遠佞人」正可作到，由「五四」起始倒是新聞，若必把阿諛逢迎歸為新的風氣，仔細分析，就可知造成這個現象，另外有一個原因。十年來的黨政新貴，年在三十五歲上下的，多係北伐時代學生，當時高等教育不良好，一面且忙於革命，學術思想便缺少「五四」提倡的民治主義和科學精神訓練，北伐成功後，政體有了新陳代謝，這些各以因緣上了台，不久國共分裂，兩方清來殺去。江西多了一個政府，打了近八年的仗。即在中央系統下隨即又有桂系分張湖北之役，閻馮擴大會議隴海線之役，福建人民政府事件，兩廣事件，無一事不與「黨」爭「政」爭有關。既與黨政有關，時局變化波瀾大，許多人自然把「信仰」看成一個空洞名辭。中央欲集權，從黨着手，在黨中先廢除民主精神，乃由上而下以圈定指派方式產生幹部。黨政中的中層分子，一因學問少，二因時忌多，於是將信仰對象由「真理」變成「政策」，政局既朝雲暮雨，末流這些人當然即不可免各競技巧表現長處，作人無風格，作事少思想。就中雖不乏潔身自愛者，然欲安於其住，自必唯諾取容。但事情明明白白，這問題係與「黨政」有關，與「五四」的「民治主義」和「科學精神」卻不相干！至說文臣愛錢，對這種人也還說不上，因辦黨是發不了財的。這種人除了有機會加入財政稅收機關，即愛錢亦不會有多少貪婪機會！若與同等的武將比較，恐怕還是將軍們發財的居多！（陳先生是四川人，應當知道四川的房產田地，金融實業，幾乎全是大小軍官的產業！）此外四十歲以上文臣因專家資格處理有關財政稅收事務，雖可發財，還是十分廉潔不失書生本色的，正不乏人。若說「五四」提倡民治主義與科學精神，這些人倒正可代表承受兩種觀念產生的人物！至若近十年小官僚因緣時會，位據要津，或直接舞弊，或間接營私，發百萬財，稱大富翁，正恰好看出國家只圖統治，統治方式只注重集權，因此老式親親主義與人情主義抬了頭，一種必然現象。救濟他靠的還需要社會制度化與專家化，民治主義與科學精神。

大凡談論問題，能補引「過去」，疏證「當前」，預言「未來」，當然很有意義。不過批判歷史，最好要明白歷史；攻擊科學精神，先還需要具有一點科學精神！

我們現在若肯從大處着眼，公公平平來看看這個國家近二十年的發展，以及在變動中的得失，自會承認有形的社會組織與無形的公民觀念，都無不在逐漸進步中。這進步實得力於統一，主要表現是國家統一意識的增強，因統一實現國家日趨於合理。這種進步現象非一人頭腦萬能，實與中級應用人材質與量提高增多有關，也就與高等教育有關。高等教育能有點成績，實又得力於若干著名大學在教育範圍內的民治主義與科學精神運用。仁者見仁，智者見智，各有不同，這許是個人一種樂觀看法。但這種看法也還可從近事得到一點證明。舉例言，「七七」戰事發生後，在滬杭兩路戰區鐵路服務人員，作站長的或管工程的，認真負責處，是中外一致讚頌的。又如目下各戰區業已淪落縣份，一經收復，縣政工作人員照例即隨軍事推進而進行各種工作，服務熱忱也是為人稱道的。這些人差不多就全是受過大學教育的青年，即如就稅收言，湘鄂省區地方統稅，由一個遠在湘西某機關指導徵收，淪陷區上居然能進行，徵收人員且很少有攜款潛逃故事發生。問及負責人改善情形，方知道大部工作人員是稅專及其他大學畢業生，仿郵政鹽務用考試制度選擢而來。說到英雄崇拜，這些小一輩的士大夫，恐都不免成為陳先生筆下所謂「卑鄙」之徒。因為這種可愛青年，就決不會單憑英雄崇拜能如此忠誠為國的。其服務精神還只是由於作國民的自尊心而來。正因為每個人所受的訓練，刺激，都覺悟了自己是國家一個單位，要生存權制，也就有遵守社會規約的義務。若說國家得重造，士大夫得改造，這些光明進步方面，似乎值得注意注意！明白當前較多，新英雄主義的提倡者，下筆時就知道不僅要慷慨激昂，最重要還是近情合理了。

歐戰發展到最近，英法因戰爭技術比較落後，兩個國家標榜的「民主思想」或「自由主義」於是成為一個嘲弄名詞。中國處當前情形中，一面得應戰，一面得建國，一面得在風雲萬變國際混亂情形中，選擇兩個可靠的朋友，適應當前與未來。「國家集權」因此舊事重提。對國家有一個較新的看法，大家分途並進，來把全民族人力物力黏附集中到國家進步理想上去，自是新戰國時代應有的打算。可是我們明白，英法倒霉是一件事，「五四」民治主義與科學精神提倡又是一件事，中國要建國，「國家集權」與「集權國家」又是一件事；三件事各不相附，若以彼證此，敷會其詞，是不會有較好結論的！若從中國人就中國立場說來，據個人意見，恰恰與陳先生意見相反。國家要集權，真正的「民治主義」與「科學精神」還值得來好好的重新提倡，正因為要「未來」必與「過去」一樣，對中國進步實有重要的意義！對外言，「戰爭人人有份」這句話，想要發生真正普遍作用，是要從民治主義方式教育上方有成效可言的。對內言，在政治上則可以抵抗無知識的壟斷主義，以及與迷信不可分的英雄主義。更重要的是抵抗封建化以性關係為中心的外戚人情主義。在教育上則可以抵抗宗教功利化，思想凝固化，以及裝幌子化。在文學藝術運動上則可以抵抗不聰明的統治與限制，在一般文化事業上則可望專家分工，不至為少數妄人引入歧途。至若科學精神的應用，尤不可少。國家要現代化，就無一事不需要條理明確實事求是的科學精神！

若說中國當這個新戰國時代，既不甘淪亡，必需掙扎，掙扎方式且必需取法德俄，我們也得弄明白，這些國家最高指導統制權力雖大，其所以控制國家的人力物力，而且運用得恰到好處，並不是人人崇拜英雄可以成事。組織和效率，主要的其實還是科學精神！因科學精神而分工分業，方能有組織，見效率！德國人表示崇拜希特拉，不過是每家被強迫掛一面相片而已，希特拉事實上也許更敬重他的一切專家和那群高等軍事幕僚！民治主義值得好好的重新提倡，從中國目前憲政運動上可作另外一種證明。這個運動不發生於民間，卻由一黨專政的國民黨領袖同時也是國家領袖來發動。發動這個運動原因，自然相當複雜，但有一點可以看出，即是集納中國軍事政治大權於一身的先生，用近十五年各種人生教育，享受了最多國民的英雄崇拜經驗後，已感覺到這麼下去不大妥。人到五十歲了，生命中的雜念一經澄濾，真正明白個人之外還有個國家，個人會死去，國家不能亡！想使國家轉好，主要條件是把國內更多數優秀分子，用一個比「黨」更合理的方式黏合起來，材盡其用。照老方法就不會材盡其用。所以先是政治上獨斷獨行，漸漸的為專家分工，這可從近十年政治看出消息。即便如此，依然事事受形式上掣肘，內有黨見的分張，外有專家的不合作，國事運用不夠靈活。抗戰以後，弱點尤易看出。多數國民雖信賴擁護，少數黨員反從敵寇投降。因此要憲政，要民治，就是覺悟只有如此處理國事方能便於專家分工合作具體化，明朗化。即對於國民黨言，也可以因此受點刺激，起點新陳代謝作用，方有新的力量新的生命。把國人帶點原始迷信的「權力崇拜」轉成為理性抬頭的「知識尊重」，正是任何國家安定與進步必由之路[4]，若照陳先生所說，目前的憲政運動，倒是近於最落伍的思想了。再若照陳先生意見，「知識階級關心的平民教育一發達，國家更不崇拜英雄，更是一盤散沙」，那一切初級教育都近於多事，有害無益，大家只讀讀老式通俗小說，一面對英雄崇拜便很好了。可是話說回來，真正關心這個國家命運的人，會覺得抗戰建國事並不那麼簡單的。

因為世界在戰爭中，在變動中，新的歷史場面上領導者，容易給人一個「英雄」印象。於是一部分人談及抗戰時，談及國家問題時，由於情感有餘便不免要用英雄氣分來解釋現象，這種無意識或非意識就聯想方便，自會牽涉附會到通俗小說方面去，照例且不免把近年來人民對於國家觀念之覺醒估計得太低，對「讀書人」感到不滿。陳先生文章，在這一點上正可代表一部分人的意見。讀書人情形，陳先生自己是其中之一，當然明白「英雄崇拜」是不是能作到使他死他就死的地步。且明白「士大夫」含義，以及其他。有些話不能自圓其說，還不礙事，至於對群眾教育，以及從「教育」上得到教訓，未免太隔膜了。事實上近三年來國內兩百萬壯丁的徵調，應用如何手續，有若干省份，如何由萬千青年學生下鄉作民訓社訓，其次又如何用挑選方法選出送到各地師團管區編訓，編訓期滿，再如何轉移到各個應當補充部隊去訓練，送到前線時，至少都得經過一年以上的「教育」，在教育中與火線上，照例都需要把不必要的懦怯與不必要的英雄思想去盡，只變成集團中一個小小分子，方能作戰，就會覺得「教育」二字具有何等意義，對於目前戰爭又影響多大，不至於說外行話稱讚他們不受教育了。三年來的抗戰，前方百萬壯士的流血，後方數百萬婦孺老弱在風雨飢寒中完成的幾條國防交通線，支持這個民族作戰氣概和勝利信心的，決不是英雄崇拜，實完全靠個人做「人」的自尊心的覺醒。

這覺醒工作，便整個寄託在各種有形無形廣泛教育原則上！

陳先生文章本意很好，惟似有所蔽，詞不達意處，實容易被妄人引為張本[5]，增加糊塗。官僚文化人中還不少妄人，妄人活下多以為在國家變動中可作政治投機，且習於用英雄崇拜方式固寵取信。這種人正附於中國官僚外戚政治中作種種活動。所以中國談改造運動，實離不了制度化和專家化，正因為如此一來這種人方無所售其技。制度化和專家化及新戰國時代新公民道德的培養，除依靠一種真正民主政治的逐漸實行，與科學精神的發揚光大，此外更無較簡便方式可採。在這種事實下來談英雄崇拜，如像陳先生那麼談，有點近於「抒情」，不是「說理」了。不知多數讀者以為如何。

*本篇發表於一九四零年六月一日《戰國策》第五期，署名沈從文。題目之下原有編者按語：我們希望讀者看了陳銓先生原文和沈從文先生這篇反辯之後，可以得到相當興趣，參加討論本題——編者

《戰國策》：一九四零年四月陳銓、雷海宗、林同濟等人在昆明創辦的半月刊，一九四一年

十二月又在《大公報》上闢《戰國》副刊，由此形成「戰國策派」。因為在戰國策派的刊物上發表過文字，曾有人據此批判沈從文為戰國策派。實際上，這篇〈談英雄崇拜〉正是對戰國策派某些觀點如「英雄崇拜」的批判，也是對這種不尊重史實的說法最有力的反駁。

註釋

1 大纛：行軍或儀仗隊的大旗。

2 賭東道：以請客打賭。

3 賽珍珠：美國旅華作家，曾獲一九三八年諾貝爾文學獎。

4 必由之路：一定要經過的道路。

5 張本：依據。

天地博雅文叢

經典常談　朱自清 著
新編《千家詩》　田奕 編
邊城　沈從文 著
孔子的故事　李長之 著
启功談金石書畫　启功 著　趙仁珪 編
沈尹默談書法　沈尹默 著
詞學十講　龍榆生 著
詩詞格律概要　王力 著
唐宋詞欣賞　夏承燾 著
古代漢語常識　王力 著
梁思成建築隨筆　梁思成 著　林洙 編
簡易哲學綱要　蔡元培 著
唐宋詞啟蒙　李霽野 著
唐人絕句啟蒙　李霽野 著
唐詩縱橫談　周勛初 著
佛教基本知識　周叔迦 著
佛教常識答問　趙樸初 著
漢化佛教與佛寺　白化文 著
沈從文散文選　沈從文 著

www.cosmosbooks.com.hk

書　　名　沈從文散文選
作　　者　沈從文

責任編輯　宋寶欣
美術編輯　郭志民
出　　版　天地圖書有限公司
香港皇后大道東109-115號
智群商業中心15字樓（總寫字樓）
電話：2528 3671　傳真：2865 2609
香港灣仔莊士敦道30號地庫／1樓（門市部）
電話：2865 0708　傳真：2861 1541
印　　刷　美雅印刷製本有限公司
香港九龍官塘榮業街 6 號海濱工業大廈4字樓A室
電話：2342 0109　傳真：2790 3614
發　　行　香港聯合書刊物流有限公司
香港新界大埔汀麗路36號中華商務印刷大廈3字樓
電話：2150 2100　傳真：2407 3062
出版日期　2019年12月／初版

ISBN ： 978-988-8548-40-8